# DIE ENTHÜLLUNG

DETEKTIVGESCHICHTEN AUS LOCUST POINT
BUCH 1

LIBBY HOWARD

Übersetzt von
MARION BLUSCH

## 1

Ich habe zweimal um meinen Mann getrauert. Das erste Mal nach dem Unfall, der mir den Mann raubte, den ich geheiratet hatte. Das zweite Mal, als ein Schlaganfall mir den Mann raubte, den ich liebgewonnen hatte – den Mann, der bis zu seinem Tod immer noch Bruchstücke seines ursprünglichen Selbst in sich trug.

Zweimal. Ich war nie dazu gekommen, um mich selbst zu trauern. Wie viele Leben durchläuft man im Laufe eines Lebens? Meiner Rechnung nach waren es bisher drei gewesen und ich war im Begriff, das vierte zu beginnen. Dieses vierte Leben machte mir am meisten Angst, es war dasjenige, auf das ich mich am wenigsten vorbereitet fühlte. Mein viertes Leben – mein neues Leben, in dem es keine Leitplanken gab, die mir halfen, meinen Weg zu finden oder den Verlauf meiner Zukunft zu bestimmen.

„Was denkst du, wie viel es wert ist?", fragte ich Carson. Die Worte blieben mir im Hals stecken wie Felsbrocken, die mit einem Presslufthammer zertrümmert werden mussten, bevor sie an die Oberfläche kommen konnten.

Unser Haus. Nein, es war jetzt *mein* Haus. Die schönsten

Erinnerungen hatte ich jedoch aus der Zeit, in der es unser Haus gewesen war. An jedem Balken und jedem Pfosten hingen Geschichten. Sie waren tief in den Putz eingelassen und erinnerten mich an die Vergangenheit – die sowohl gut als auch schlecht gewesen war. Ich sträubte mich dagegen, das Haus zu verkaufen.

Aber es war wahrscheinlich am besten so. Ich stellte mir vor, wie es sein würde, den Rest meines Lebens in diesem Haus zu verbringen und jeden Morgen alleine in denselben vier Wänden aufzuwachen, die so viel gesehen hatten. Es war an der Zeit, dass jemand anderes meinen Platz einnahm und seine eigenen Geschichten schrieb, die sich mit den Erfahrungen vermischen würden, die wir fünfunddreißig Jahre lang in diesem Haus gesammelt hatten.

Obwohl der Gedanke, woanders zu wohnen, genauso deprimierend war. Eigentlich noch deprimierender. In einer kleinen Wohnung, in der ich jeden Schritt des Nachbarn über mir hören würde? Der Vergangenheit zu entfliehen und ein neues Leben in einer winzigen, billigen Wohnung zu beginnen, hatte keinen besonderen Reiz für mich. Ich wollte nicht gehen. Ich war noch nicht bereit. Aber es lag eine Hypothek auf dem Haus und ich war mir schmerzlich bewusst, dass ich sie mir nicht leisten konnte - jedenfalls nicht mehr lange. Vielleicht würde ich dank meines neuen Jobs noch ein paar Monate durchhalten können, dann würde die Zwangsvollstreckung drohen. Es war besser, es jetzt zu verkaufen und mit erhobenem Kopf zu gehen, anstatt zu warten, bis der Hilfssheriff mit einem Räumungsbefehl in der Hand auftauchte und mir mein geliebtes Zuhause entriss, was umso erniedrigender sein würde, weil ich den Hilfssheriff kannte. Verkaufen. Es war, als wäre ich ein Schmetterling, der aus seinem Kokon schlüpft, losfliegt und alles hinter sich lässt. Ein Schmetterling, der in eine billige, schmuddelige Einzimmerwohnung fliegt, die nach abgestandenem Rauch und Zwiebeln stinkt.

Ich war im Begriff, mein Haus zu verkaufen – *unser* Haus. Gütiger Himmel, wer hätte gedacht, dass es jemals so weit kommen würde?

„Bist du sicher, Kay?"

Carson war schon seit Jahrzehnten mein Freund. Die freiberufliche Recherchearbeit, die er mir während der letzten zehn Jahre verschafft hatte, war meine Rettung gewesen. Er hatte mich gebeten, Eigentumsnachweise herauszusuchen und Kopien von Urkunden und anderen Dokumenten zu finden, die unter Bergen von Gerichtsakten vergraben waren, damit ich nicht ganz den Verstand verlor. Unsere Freundschaft beschränkte sich jedoch nicht nur auf Gelegenheitsjobs. Wir hatten uns im College angefreundet und unsere Kameradschaft hatte sich im Laufe der Jahre zu einer Art Paarfreundschaft gewandelt. Wir waren oft zu viert essen gegangen, hatten Weinfeste besucht und an Spendenaktionen für wohltätige Zwecke teilgenommen. Ich schätzte es, Freunde wie Carson zu haben, die mich nicht im Stich ließen und mich unterstützten, wenn ich ihre Hilfe brauchte. Maggie, seine Frau, hatte mich mit leckeren Aufläufen bei Laune gehalten und Carson hatte mich während diesen dunklen Jahren moralisch unterstützt.

„Nein, das bin ich nicht. Ich will noch nicht gehen, aber ich kann es mir nicht leisten, hierzubleiben." Ich verzog das Gesicht und hasste es, Carson von meiner erbärmlichen finanziellen Situation erzählen zu müssen. „Die Versicherung hat die Kosten für die Beerdigung und die restlichen Arztkosten übernommen, aber die Hypothek kann ich mir mit meinem Gehalt nicht leisten."

Das Haus war eigentlich abbezahlt gewesen, aber nach dem Unfall hatten wir wieder eine Hypothek aufnehmen müssen, um die Arztkosten zu bezahlen, und dann eine zweite, um die erste abzubezahlen. Unseren Pensionsfonds hatten wir durch Frühbezüge erschöpft. Ich steckte so tief im Sumpf, dass ich bezweifelte, dass nach dem Verkauf noch etwas übrig bleiben würde, obwohl Carson freundlicherweise auf seine Verkaufsprovision verzichtete.

„Du könntest ein Zimmer untervermieten. Vielleicht sogar zwei, dann wären die Hypothekenkosten gedeckt und du könntest dir in Ruhe überlegen, was du tun willst. Es wäre schade, wenn du es verkaufst. Es ist so schön. Es ist das Haus, von dem du und Eli immer geträumt habt, das Haus, in dem ihr zusammen alt werden wolltet.“

Es war tatsächlich unser Traumhaus gewesen – ein riesiges, dreistöckiges Herrenhaus im viktorianischen Stil, das an einer ruhigen Straße lag. An dem Tag, an dem ich es zum ersten Mal gesehen hatte, hatte ich mich zum zweiten Mal in meinem Leben verliebt. Die Zierleisten, die Veranda, die dicken Holzfußleisten und die Kassettendecken – es war magisch. Aber es war zu groß für zwei Personen. Wir hatten vorgehabt, Kinder zu haben, doch dann hatte das Leben eine andere Wendung genommen und fünf der sechs Zimmer waren leer geblieben. Es war zu groß für zwei Personen und definitiv zu groß für eine Person, ich war mir nur nicht sicher, ob ich meine blanken Emotionen und kostbaren Erinnerungen mit einem Mitbewohner teilen wollte, der schmutziges Geschirr in der Spüle stehen lassen und mit dreckigen Schuhen durchs Haus trampeln würde.

„Hör zu, ich kenne da jemanden, der ein Zimmer braucht. Die Sache ist streng geheim, deshalb werde ich keinen Namen nennen, es sei denn, du bist nicht daran interessiert, einen Mitbewohner zu haben. Er bereitet sich gerade auf eine schmutzige Scheidung vor und braucht ein

Quartier, das nicht wie eine Junggesellenbude aussieht, damit er auf gemeinsames Sorgerecht pochen kann."

„Bitte sag, dass er nichts mit diesem Sexskandal zu tun hat."

*Das* war die Art von Dingen, die zu schmutzigen Scheidungen führte. Es schien, als wäre Anfang der Woche eine Bordellwirtin verhaftet worden. Eigentlich keine große Sache, aber Locust Point war eine kleine Ortschaft. So etwas wäre sogar im nahe gelegenen Milford schockierend gewesen, aber hier in Locust Point, wo jeder jeden kannte, war das Thema zum Tagesgespräch geworden. Caryn Swanson. Die attraktive, tadellos gepflegte Party- und Hochzeitsplanerin Caryn Swanson. Was für ein Skandal.

Als würde es nicht schon reichen, dass sich eine Frau, die man normalerweise im Supermarkt antraf, als Bordellwirtin entpuppte - es wurde auch heftig darüber spekuliert, wer ihre Kunden waren. Wenn sie eine Bordellwirtin war, musste es Prostituierte im Ort geben. Prostituierte. In Locust Point. Die Einheimischen beäugten sich gegenseitig und fragten sich, wer sich wohl bei Caryn einen netten Nebenverdienst erwirtschaftet hatte. Bisher hatte die Frau kein einziges Wort gesagt. Keine der Prostituierten beim Namen genannt. Kein belastendes schwarzes Buch herausgerückt. Ihr Anwalt hatte zwar lautstark ihre Unschuld verkündet, aber ich hatte keinen Zweifel daran, dass sie erst dann reden würde, wenn eine Strafmilderung in Aussicht stand.

Wenn es in Locust Point eine Bordellwirtin gab, musste es auch Freier geben. Mir gefiel der Gedanke nicht, dass ich einen Mitbewohner haben könnte, der Prostituierte besuchte.

Carson lachte. Er lachte so sehr, dass er sich den Bauch halten musste. „Äh, nein. Ich will nicht behaupten, dass er niemals eine Affäre gehabt hat, die Einzelheiten der Scheidungsklage kenne ich nicht, aber er hat auf keinen Fall Prostituierte besucht. So viel steht fest."

Ich war bereit, Carson beim Wort zu nehmen. Abgesehen davon, dass ein moralisch verkommener, sexbesessener Typ bei mir wohnen könnte, hatte ich noch andere Einwände. „Er hat Kinder? Gelegentliche Übernachtungen würden mir vermutlich nichts ausmachen, aber gemeinsames Sorgerecht?"

Ich hatte während der letzten Jahre nicht viel mit Kindern zu tun gehabt, eigentlich auch vorher nicht. Die meisten unserer Freunde waren entweder kinderlos oder hatten Babysitter, die auf die Kinder aufgepasst hatten, wenn wir zusammen essen gegangen waren.

„Es sind keine Kleinkinder, Kay. Seine Kinder sind Teenager. Sie werden wahrscheinlich laute Musik spielen und überall Kartoffelchips verstreuen, aber du müsstest keine weinenden Babys ertragen. Außerdem wären sie höchstens die Hälfte der Zeit hier. Dein Haus ist riesig. Es ist ja nicht so, als gäbe es hier keinen Platz. Außerdem strebt er einen Zweijahresvertrag an. Du hättest genug Geld, um die Hypothek abzudecken und könntest dir überlegen, was du tun willst."

*Mit dem Rest meines Lebens.* Das war das unausgesprochene Ende seiner Rede. Die laute Musik und die Snackkrümel waren mir egal. Die beiden Teenager würden in diesem Haus nichts anrichten können, was nicht schon während der letzten zweihundert Jahre passiert war. Es war für mehr als nur eine Person gebaut worden, ich konnte mich nur nicht mit dem Gedanken anfreunden, mein Haus mit drei Fremden zu teilen, nachdem Eli und ich es so lange für uns alleine gehabt hatten.

Aus dem Augenwinkel sah ich einen Schatten, der sich vom hinteren Teil der Küche zum Kühlschrank bewegte. Als ich mich umdrehte, um zu sehen, was es war, verschwand der Schatten und ich starrte auf einen Kühlschrankmagneten. Es war ein Foto, das vor über zehn Jahren in Costa Rica aufgenommen worden war. Darauf war ich zu sehen - hüfttief in azurblauem Wasser stehend -, ein makelloser weißer Sandstrand im Vordergrund und ein hoher, bewaldeter Berggipfel im Hintergrund. Der bunte Cocktail, den ich in der Hand halte, ist mit einem kleinen Regenschirm verziert und ich lache. Das war vor dem Unfall gewesen. Bevor ... alles anders wurde.

Das Foto verschwamm und ich wusste nicht genau, ob es am Schatten oder an meinen Tränen lag.

Ich konnte das Haus nicht verkaufen. Ich war noch nicht bereit und wusste nicht, ob ich es jemals sein würde. Und wenn das bedeutete, dass ich mich mit einem untreuen, bald geschiedenen Kerl und seinen beiden Kartoffelchips-mampfenden Kindern herumschlagen musste, dann war es halt so. „Danke, Carson. Bitte gib ihm meine Telefonnummer."

Er lächelte. „Ich werde sogar noch mehr tun. Hast du heute Nachmittag Zeit? Ich werde ihm sagen, er soll vorbeikommen."

Es ging alles viel zu schnell, aber das war schon seit der Beerdigung so. Eigentlich war es schon während der Beerdigung so gewesen. Die Welt war mit halsbrecherischer Geschwindigkeit an mir vorbeigerast, während ich wie erstarrt dagestanden und es nicht gewagt hatte, mich zu bewegen.

„Ich habe einen Termin beim Augenarzt und muss ein paar Besorgungen machen. Vielleicht am Abend oder am späten Nachmittag? Um drei sollte ich wieder zu Hause sein."

Carson tippte auf seinem Handy herum. „Ich werde ihm

Bescheid sagen. Was ist denn mit deinen Augen? Ist alles in Ordnung?"

Es bewegte sich wieder ein Schatten am Rand meines Blickfeldes. Dieses Mal ignorierte ich ihn. „Nur eine Kontrolluntersuchung."

Es *war* auch nur eine Kontrolluntersuchung, aber außer meinem Augenarzt wollte ich niemandem von den Schatten erzählen, die sich ständig am Rand meines Blickfeldes bewegten. Ich wollte nicht, dass die Leute dachten, ich sei verrückt. Denn das war ich nicht. Ich war ziemlich sicher, dass diese schattenhaften Figuren eine vorübergehende Nebenwirkung meiner Kataraktoperation waren. Genauso wie das seltsame funkelnde Licht, das von den neuen Linsen reflektiert wurde, wie meine Freundin Daisy gesagt hatte.

Katarakt. Ich war erst sechzig Jahre alt. Immerhin hatte ich es geschafft, das Geld für die Operation aufzutreiben. Ich hatte zwar den Gürtel viel enger schnallen müssen, hätte jedoch lieber in einer Pappschachtel auf der Straße geschlafen, als langsam blind zu werden. Es gab Dinge im Leben, mit denen ich mich abfinden konnte - das Augenlicht zu verlieren gehörte nicht dazu.

Carsons Handy piepte und er blickte auf den Bildschirm. „Okay. Ich habe ihm die Adresse durchgegeben. Er kommt um vier vorbei."

Mir wurde es schon bei dem Gedanken daran eng in der Brust. Ein Fremder. Als Mitbewohner. Und zwei Teenager. Wenn ich Glück hatte, gefiel ihm das Haus nicht. Obwohl ich nicht wusste, was schlimmer war; mein geliebtes Haus zu verlieren, das Zuhause, das Eli und ich zusammen aufgebaut hatten, und in eine Wohnung zu ziehen - oder jede Nacht einen Fremden im Haus zu haben.

Einen Fremden. Ich hatte keine Ahnung, wer dieser Typ

war. Was war, wenn er ein Serienmörder oder ein Vergewaltiger war? Die Tatsache, dass er eine schmutzige Scheidung vor sich hatte, ließ nicht vermuten, dass er ein rechtschaffener Bürger war. Mir war bewusst, dass das schrecklich voreingenommen war, aber als Ehefrau, die sowohl in guten als auch in schlechten Zeiten zu ihrem Mann gehalten hatte, konnte ich nicht anders, als mich über Leute zu ärgern, die ihr Eheversprechen nicht so ernst nahmen wie ich.

„Also, wer ist nun dieser Mann?", fragte ich und sah auf die Uhr. Ich musste los, sonst würde ich den Termin beim Augenarzt verpassen.

„Richter Beck", sagte Carson feierlich, als würde er die Anwesenheit unseres Herrn und Retters ankündigen. „Richter Nathanial Beck."

**2**

───────

„FELOPZD.“

„Sehr gut, Mrs. Carrera.“

Der Arzt lächelte mich an, als wäre ich ein besonders schlaues Kind, dann bewegte er eine kleine Taschenlampe vor meinen Augen hin und her.

„Die Linsen sehen gut aus. Es ist alles gut verheilt.“ Er richtete sich auf seinem Rollhocker auf und schien ein paar Sekunden lang einen Heiligenschein zu haben, während meine Augen sich an das schwache Licht im Zimmer gewöhnten.

Vielleicht hatte er tatsächlich einen Heiligenschein. Doktor Berkowitz war ein durchtrainierter Mann, der sein schütteres Haar kurz gestutzt trug und eine Vorliebe für T-Shirts mit skurrilen Sprüchen hatte. Auf dem, das er heute trug, stand „Browncoat“ – was auch immer das bedeutete. Er war ungefähr in meinem Alter und hatte warme, freundliche Augen. Seine Lachfalten verrieten, dass er den Groß-teil seines Lebens lächelnd verbracht hatte. Doktor Berkowitz war ein Mann, der vor zwanzig Jahren meinen Puls in die Höhe getrieben hätte, aber jetzt spürte ich nichts.

Null. Nada. Eli und ich hatten immer darüber gescherzt, dass man nicht plötzlich blind wurde, nur, weil man verheiratet war. Es bedeutete auch nicht, dass man im Begriff war, untreu zu werden, wenn man eine attraktive Joggerin oder einen gut aussehenden Barkeeper beäugte. Es war normal, die Schönheit anderer Menschen wahrzunehmen und zu wissen, dass nur die Person, die man geheiratet hatte, wirklich das Feuer in einem entfachte.

Aber jetzt war Eli weg und die letzten zehn Jahre unserer Ehe waren schwierig gewesen. Es war nicht nur so, dass ich Doktor Berkowitz nicht mehr als attraktiven Mann sehen konnte, der für mich in Frage kommen würde, sondern auch, dass ich mich selbst nicht mehr als attraktiv und begehrenswert empfand. Ich erkannte das Gesicht nicht mehr, das ich im Spiegel sah, - und den Körper, den ich unter der Dusche einseifte. Wie war es dazu gekommen, dass ich eine junge Frau in einem alten Körper war?

Wie war es dazu gekommen, dass ich ein gefühlloser Roboter in einem alten Körper war?

Doktor Berkowitz' Verhalten ließ nicht darauf schließen, dass mehr als professionelle Freundlichkeit dahintersteckte und er mich attraktiv finden könnte. In den letzten zehn Jahren hatte sich ohnehin niemand so verhalten, als würde er mich attraktiv finden. Ich wollte keinen anderen Mann. Ich wollte keinen Ersatz für Eli finden und war nicht auf der Suche nach einem peinlichen One-Night-Stand. Es wäre einfach schön gewesen, wenn jemand mehr als nur eine alte Dame, eine kinderlose Witwe - und einen androgynen Roboter - in mir gesehen hätte. Mit Grauem Star. Die Schatten in ihrem Blickfeld sah.

Wann war ich so alt geworden, dass ein gut aussehender Arzt keine Wirkung mehr auf mich hatte? Wann war ich so alt geworden, dass ein gut aussehender Arzt keinen Funken

Interesse mehr an mir zeigte? Ich war doch eben erst vierzig geworden, wie kam es, dass ich plötzlich meinen sechzigsten Geburtstag feierte? Die letzten zwanzig Jahre waren in einem Nebel aus Arbeit, Rechnungen und Arztbesuchen - endlosen Strömen von Arztbesuchen - untergegangen.

„ ... Glaskörperflocken. Das kommt nach der Operation oft vor, besonders bei Patienten in Ihrem Alter."

„Wie bitte?"

Ich hatte nicht aufgepasst. Der Arzt dachte bestimmt, ich würde an frühzeitiger Demenz leiden, obwohl er freundlich lächelte und wiederholte, was er gesagt hatte. Er war nicht jünger als ich. Ich kam mir trotzdem uralt vor, während ich auf diesem verstellbaren Untersuchungsstuhl in diesem winzigen Zimmer saß.

„Sie meinen also, dass diese Glaskörperflocken wieder verschwinden und ich nicht den Rest meines Lebens irgendwelche Schatten sehen werde?"

Sie waren lästig. In gewisser Weise sogar lästiger, als es der Graue Star gewesen war. Jedes Mal, wenn ich versuchte, mich auf die Schatten zu konzentrieren, verschwanden sie. Manchmal blieben sie am äußeren Rand meines Blickfelds hängen, als würden sie versuchen, meine Aufmerksamkeit zu erregen. Sie ließen jedoch nicht zu, dass ich sie direkt ansah.

„Patienten, die zu Grauem Star neigen, sehen manchmal Glaskörperflocken. Meistens verschwinden sie wieder, wenn die Augen ganz geheilt sind, aber manchmal bleiben sie. Die Patienten gewöhnen sich mit der Zeit an die Flecken und nehmen sie nicht mehr wahr."

„Es sind keine Flecken", argumentierte ich. Ärzte hatten keine einschüchternde Wirkung mehr auf mich und ich hatte im Laufe der Jahre gelernt, wie wichtig es war, Symptome genau zu beschreiben. „Sie sind länglich und haben Auswüchse. Sie sehen wie menschliche Schatten aus, nur sind keine Menschen da, die sie werfen könnten."

Doktor Berkowitz tätschelte meinen Handrücken. Ich fragte mich, ob er mir nach dem Termin einen Lutscher anbieten würde. Oder eine Flasche Pflaumensaft.

„Na ja, manchmal nehmen Glaskörperflocken eine längliche Form an."

Ich musste mir einen langen Monolog über Glaskörperflüssigkeit anhören und wurde aufgefordert, ihn sofort zu kontaktieren, falls Lichtblitze über mein Blickfeld zogen oder die Glaskörperflocken in Gruppen auftauchten. Toll. Das bedeutete also, dass sie mit der Zeit verschwinden würden - oder auch nicht. Ich hatte meine Nachtblindheit und mein schwindendes Sehvermögen gegen Glaskörperflocken eingetauscht und über sechstausend Dollar für dieses Privileg bezahlt.

Sechstausend Dollar, die ich mir nur knapp hatte leisten können. Schon nur der Gedanke daran ließ meinen Atem stocken, aber nachdem ich meine Gesundheit über zehn Jahre lang vernachlässigt hatte, hatte ich es tun müssen. Das Buch meines Lebens hatte im Herbst ein neues Kapitel bekommen. Es war, als wäre ich zum Luftholen aufgetaucht, nachdem ich fast ertrunken war. Meine Sehkraft wiederherzustellen war die Belohnung dafür gewesen, dass ich überlebt hatte.

„ ... vermeiden Sie helles Licht. Tragen Sie eine Sonnenbrille, wenn Sie nach draußen gehen, und sitzen Sie nicht zu lange vor dem Computer."

Pustekuchen. Mit der Sonnenbrille war ich zwar einverstanden, aber ich würde auf keinen Fall auf das Internet verzichten. Ich sah mir abends immer lustige Katzenvideos an, die mich aufheiterten. Das würde ich mir nicht nehmen lassen.

Obwohl es traurig war. Ich war sechzig, nicht neunzig. Scheibenkleister.

Ich verließ die Praxis des freundlichen Dr. Berkowitz mit einer nagelneuen Sonnenbrille auf der Nase, die meine Augen vor der grellen Mittagssonne schützte. Ich sah einen Schatten, der sich von der Ecke des Gebäudes bis zu meiner Rechten ausbreitete. Ich seufzte resigniert und hieß den Neuzugang in meinem Leben willkommen. Wenigstens konnte ich lesen, nachts Auto fahren und stricken. Nein, ich wusste nicht, wie man strickte. Aber ich nahm mir vor, es zu lernen. Es schien ein passendes Hobby für eine Frau in meinem Alter zu sein. Ich stellte mir vor, wie ich in einem Schaukelstuhl auf meiner Veranda saß und mit klappernden Stricknadeln buntes Garn in meinem Schoß verarbeitete. Es würde mir bestimmt Spaß machen. Ich würde Schale stricken und sie den Nachbarn zu Weihnachten schenken. Oder Socken für die Soldaten im Ausland. Oder Babymützen für das Krankenhaus. Genau. Stricken.

„Auf geht's, Herr Glaskörperflocke. Wir müssen im MegaMart einkaufen gehen und um vier kommt unser potenzieller neuer Mitbewohner vorbei. Danach müssen wir die Kisten auf dem Dachboden aussortieren. Wenn du brav bist, darfst du heute Abend den Film auswählen."

**3**

Ich legte einen siebenschichtigen Bohnendip, etwas Gebäck zum Frühstück und einen riesigen Vorrat Toilettenpapier, der wahrscheinlich bis zur Apokalypse reichen würde, in meinen Einkaufswagen. Da ich vielleicht bald einen Mitbewohner haben würde, wollte ich auf alles vorbereitet sein. Ich legte auch Katzenfutter dazu - aus diesem Grund war ich überhaupt zu dem gigantischen Discounter gefahren - eine riesige Packung Katzenstreu und ein paar lustige Katzenspielzeuge, die mit Katzengras ausgestopft waren.

Taco – ja, der Name meiner Katze war Taco – sollte auch ein paar Spielsachen haben. Ich hatte vorher noch nie ein Haustier gehabt, aber als ich am Tag der Beerdigung den Friedhof verlassen hatte, hatte ich Angst gehabt, in ein leeres Haus zurückzukehren. Ich hatte einen Abstecher zum Tierheim gemacht und war eine Stunde vor Betriebsschluss angekommen. Es blieb genug Zeit, um die vierbeinigen Käfigbewohner anzustarren, die alle auf ein neues Zuhause warteten. Nachdem ich mich die letzten zehn Jahre um Eli gekümmert hatte, kam ich zu dem Schluss, dass ein Hund zu viel Arbeit machte. Ich wollte kein Tier, mit dem ich regelmäßig spazieren gehen musste oder eines, das übermäßig viel Aufmerksamkeit forderte. Ich wollte ein Tier, das das Haus etwas weniger einsam erscheinen ließ und einfach anwesend war. Eines, das nicht viel Pflege brauchte.

Ich wählte die unnahbarste Katze im ganzen Tierheim aus – ein grau getigerter Kater, der mich mit ausdruckslosen grünen Augen anstarrte. Die Mitarbeiter des Tierheims waren begeistert. Im Frühling wurden viele Kätzchen geboren und das Tierheim war zum Bersten voll. Das bedeutete, dass die Katzen, die nicht sehr freundlich und anhänglich waren, oft mit einer Nadel im Bein auf einem Metalltisch landeten. Ich kam mir ziemlich nobel vor, dieser zurückhaltenden Katze ein Zuhause zu geben.

Als der Papierkram erledigt wurde, fragte man mich nach dem Namen des Katers. Ich hatte zwar einen journalistischen Werdegang hinter mir, war aber trotzdem nicht besonders erfinderisch. Ich sah verzweifelt zum Fenster hinaus und versuchte, Inspiration zu finden. Dann entdeckte ich das Schild einer nahe gelegenen Fast-Food-Kette. Mein neues Haustier hieß „Taco".

Als ich zu Hause ankam, stellte ich fest, dass Taco im Tierheim eine erstklassige Show geliefert hatte, für die er einen Oskar verdient hätte. Mein zurückhaltender vierbeiniger Freund sprang plötzlich jedes Mal auf meinen Schoß, wenn ich mich hinsetzte. Er schmiegte sich dauernd an meine Beine, sprang auf die Küchentheke, schlief am Fußende meines Bettes und weckte mich morgens auf, indem er mit seinen weichen Pfoten über mein Gesicht strich.

Okay, ich musste gestehen, dass es mir gefiel, obwohl ich nie gedacht hätte, dass es jemals so weit kommen würde. Dieser verdammte Kater hatte sich innerhalb von vierundzwanzig Stunden zu meinem Rettungsanker gemausert. Ich hoffte, dass Richter Beck Katzen mochte.

Auf dem Weg zur Kasse kam ich an den Tischen mit den Sonderangeboten vorbei, auf denen mehrere Stapel Bücher lagen. Ich ging oft an diesen Tischen vorbei und kaufte Kochbücher, die ich nie benutzte, runtergesetzte Biografien und andere Abendlektüren. Eli hatte mich immer wegen meiner Liebesromane aufgezogen, bis er irgendwann gemerkt hatte, dass unsere Schäferstündchen häufiger stattfanden, wenn ich viele Liebesgeschichten las.

Ich entdeckte ein interessantes Do-it-yourself-Buch über Gartenmosaike, dem ich nicht widerstehen konnte, und eine Reihe Bastelbücher, die am Ende des Tisches lagen. Darunter ein Strickset, das aus einem Buch, Stricknadeln und buntem Garn bestand.

Ich sah mich um - als würde ich erwarten, dass einer meiner Nachbarn mich entdecken und sich über meine Einkäufe wundern könnte -, warf das Strickset in meinen Einkaufswagen und schob es unter die Katzenspielzeuge. Ich war sechzig. Ich war Witwe. Ich litt an Grauem Star. Und ich hatte kürzlich eine Katze adoptiert. Stricken schien der nächste logische Schritt in meinem neuen Leben zu sein. Außerdem wollte ich wirklich Babymützen für das Krankenhaus stricken.

Als ich den Einkauf erledigt hatte, ging ich zum Parkplatz auf der Rückseite des riesigen Einkaufszentrums, wo mein kleiner Subaru stand. Ich hatte nicht so weit weg geparkt, weil ich befürchtete, dass jemand mein fünfzehnjähriges Auto zerkratzen oder beschädigen könnte, ich wollte während meines Einkaufsbummels einfach einen kleinen Spaziergang machen. Während der letzten zehn Jahre war es oft vorgekommen, dass ich nur auf dem Weg vom Auto zum Laden hatte frische Luft schnappen können.

Mittlerweile war es zur Gewohnheit geworden. Außerdem fand ich, dass die nahe gelegenen Parkplätze für Leute freigehalten werden sollten, die es eilig hatten oder sich mit Kinderwagen abmühen mussten.

Mein Einkaufswagen quietschte, als ich ihn an den anderen Autos vorbei über den Asphalt schob. Ich nickte einer Frau zu, die ein paar riesige Tüten mit Windeln in ihren Geländewagen lud, und einem Mann, der eine 40er-Packung Muffins mit Ostermotiven in den Händen hielt. Als ich an allen Autos vorbeigegangen war, stach mir außer dem Schatten, der mich fast täglich zu verfolgen schien, nichts mehr ins Auge.

„Verzieh dich, Herr Glaskörperflocke. Ich will endlich einen anderen Geist sehen - oder am besten gar keinen. Lass mich in Ruhe."

Der Schatten bewegte sich - es sah fast so aus, als würde er sich verbeugen - und verschwand. Mir fiel plötzlich auf, wie klar meine Sicht und wie groß mein Blickfeld war. Ich blieb mitten auf dem Parkplatz stehen und wartete. Ich kam mir dumm vor und fragte mich, ob ich mir alles nur eingebildet hatte. Vielleicht hatte Doktor Berkowitz recht gehabt und die Schatten waren tatsächlich nur eine Nebenwirkung meiner Operation.

Nichts. Nur der hintere Teil des Parkplatzes, wo mein Subaru stand, von großen Wiesen umgeben. Hinter dem Parkplatz war ein steiler, mit Unkraut bewachsener Hügel, eine Leitplanke und eine stark befahrene Straße. Zu meiner Linken befand sich eine Wiese, auf der stacheliges Gestrüpp und Unkraut wuchs. Sie führte zu einem Entwässerungsgraben und reichte bis zur Autobahn hinauf. Auf der anderen Seite der Schnellstraße blinkte das Schild einer Raststätte. Ich war schon tausendmal hier gewesen, hatte immer ganz hinten auf diesem Parkplatz geparkt und jedes

Mal die gleiche Umgebung gesehen, wenn ich das Einkaufszentrum besuchte, aber heute war irgendwie alles anders.
Mir war unheimlich zumute, als würde sich etwas Unheil-
volles zusammenbrauen. Es lag eine unangenehme Span-
nung in der Luft, die ich mir nicht erklären konnte.

Mir schauderte und ich ging zu meinem Auto. Der
Einkaufswagen quietschte lauter als gewöhnlich, während
ich ihn über den rauen Asphalt schob. Ich wollte weg von
hier. Ich wollte nach Hause. Aus irgendeinem Grund wollte
ich nie wieder hierher zurückkehren.

$$4$$

Es war drei Uhr nachmittags. Ich saß mit meiner Freundin und Nachbarin Daisy auf der Veranda und trank Wein. Pinot Grigio, um genau zu sein. Daisy war die Art von Freundin, die meinen nachmittäglichen Alkoholkonsum voll und ganz unterstützte und immer verkündete, dass es irgendwo auf der Welt fünf Uhr sei. Taco leistete uns Gesellschaft, miaute und schlich um unsere Knöchel, bis ihm klar wurde, dass es während unseres kleinen Weingelages keine Cracker oder Käse gab, um die er betteln konnte. Ich betrachtete seinen runden Körper, als er von der Veranda in ein Blumenbeet sprang. Dann war nur noch sein grauer Schwanz zu sehen, der zwischen den grünen Blättern hin und her zuckte. Er wurde langsam fett. Ich nahm mir vor, ihn auf Diät zu setzen und ihm keine Leckereien vom Tisch mehr zu füttern. Aber es war schwierig, seiner inbrünstigen Bettelei zu widerstehen. Ich glaubte langsam, dass Katzen die Fähigkeit hatten, Gedanken zu kontrollieren. *Muss der Katze ein Stück von meinem Brathähnchen geben. Muss der Katze noch mehr von meinem Brathähnchen geben.*

„Trinken wir, um zu feiern oder um unsere Sorgen zu ertränken?", wollte Daisy wissen. Sie füllte meine extra-großen Weingläser bis zum Rand. Ich wusste, was sie meinte. In letzter Zeit hatten wir mehr Grund zum Trauern als zum Feiern gehabt. Sie war eine gute Freundin, an deren Schulter ich mich immer ausweinen konnte und die mein Glas auffüllte, wenn mich die Realität einholte und mir bewusst wurde, dass Eli tot war, oder wenn ich mit einem Stapel Rechnungen konfrontiert war.

„Ich weiß es nicht genau", sagte ich ehrlich. Es war zu früh, um zu feiern, dass ich das Haus behalten konnte. Es konnte sein, dass Richter Beck gar nicht auftauchte, dass ihm das Haus nicht gefiel - oder, dass ich ihn nicht mochte. „Wir können feiern, dass ich heute Nachmittag beim Augenarzt war. Die Kataraktoperation scheint erfolgreich gewesen zu sein. Es ist alles in Ordnung."

Ich sagte ihr nichts von den Glaskörperflocken. Vielleicht waren es gar keine Glaskörperflocken. Vielleicht führten Trauer und finanzieller Stress zu Halluzinationen. Ich fragte mich, ob das möglich war.

Daisy hielt ihr Glas in die Höhe, prostete mir zu und trank einen großen Schluck. Es war seltsam, dass sich eine so enge Freundschaft zwischen uns entwickelt hatte. Sie war fünf Jahre jünger als ich, hatte hellblonde Locken und einen Haaransatz, der verriet, dass sie eigentlich graumeliert war. Sie war schlank, sportlich und braungebrannt. Sie war Yoga-Lehrerin und ständig unterwegs. Nicht einmal Prominente hatten so viele Verpflichtungen. Sie war nie verheiratet gewesen und hatte keine Kinder. Unter ihrem fröhlichen, frechen Auftreten verbarg sie jedoch einen Schmerz, dem ich nie ganz auf den Grund gekommen war.

„Wie geht's denn Reality-Show-Pierson?", fragte sie.

J.T. Pierson war mein Chef, der Mann, der mich freundlicherweise nach zehn Jahren Unterbrechung in meiner journalistischen Karriere eingestellt hatte. Dafür war ich ihm dankbar und die Arbeit gefiel mir.

„Es hat immer noch keines der großen Fernsehstudios angerufen. Ich glaube, er wird seine eigene Fernsehstation gründen oder einen YouTube-Kanal kreieren, wenn er nicht bald einen großen Vertrag ergattert."

Daisy schnaubte und nippte an ihrem Weinglas. „Ist er denn nicht an eine Art Schweigepflicht gebunden, wenn er solche Dinge publizieren will? Muss er die Namen der nicht ganz so Unschuldigen ändern, um ihre Identität zu schützen?"

Ich zuckte mit den Schultern. „Keine Ahnung. Es ist alles öffentlich dokumentiert, vermutlich nicht. Dieser *Bounty Hunter*-Typ nennt in seiner Reality-Show auch immer Namen und in True-Crime-Sendungen tun sie es auch. Ich bin zwar kein Anwalt, gehe aber davon aus, dass es legal ist."

Bei J.T. Pierson wusste man das nicht so genau, obwohl ich mich ein bisschen schuldig fühlte, weil ich so schlecht über den Mann dachte, der mich eingestellt hatte, als mich sonst niemand einstellen wollte. Er war zwar freundlich, befand sich jedoch auf einer stetigen Gratwanderung, was die Berufsethik anging. Ich war fast dreißig Jahre lang Journalistin gewesen, diese Grenzen hatte ich schon lange ausgelotet, obwohl ich mich für eine ziemlich moralische Person hielt. Wenn man der Wahrheit auf den Grund gehen oder für Gerechtigkeit sorgen wollte, musste man sich manchmal ziemlich weit aus dem Fenster lehnen.

Ich wusste, dass das in meinem neuen Job vermutlich auch regelmäßig der Fall sein würde. Seit letzter Woche war ich als Zielfahnderin bei „Pierson Investigative and Recovery Services" angestellt. Ich spürte Leute auf und übergab sie den Behörden und/oder ihren Gläubigern, die sie für ihre Schulden oder wegen anderer rechtlicher Angelegenheiten zur Rechenschaft zogen. Die Recherchearbeit gefiel mir und J.T. versorgte mich mit einem endlosen Strom unbezahlter Forderungen und ungedeckter Schecks, während er sich um Kautionsflüchtlinge kümmerte. Das bedeutete, dass er mit der Polizei zusammenarbeitete, während ich den ganzen Tag vor dem Computer saß. Es war ein ideales Arbeitsarrangement.

„Hey." Daisys blaue Augen funkelten. Sie stellte ihr Weinglas hin und neigte sich vor. „Denkst du, dass Pierson etwas über den Sexskandal weiß? Ich möchte unbedingt wissen, wer die Frauen sind, die für Caryn Swanson gearbeitet haben. Ich wette, diese Suzette Garnet ist eine davon. Und ich bin gespannt darauf, zu erfahren, welche Namen in diesem schwarzen Buch stehen."

Es stellten sich alle die gleichen Fragen. Besonders Daisy, die immer genau wissen wollte, was in unserer kleinen Ortschaft vor sich ging. „Sie hat uns für die Kaution beauftragt, aber mit dieser Seite des Geschäfts habe ich nichts zu tun. J.T. hat gesagt, Caryn hätte behauptet, sie würde keine Kundenlisten führen. Sie hätte nur als Vermittlerin fungiert und dafür eine Gebühr verlangt. Die Frauen hätten ihre eigenen Listen geführt. Und sie weigert sich, die Identität ihrer ‚Mädchen' preiszugeben."

Das wusste ich alles, weil J.T. genauso gerne tratschte wie Daisy.

Mein Freundin schnaubte. „Ach komm. Sie wäre eine schlechte Bordellwirtin gewesen, wenn sie keine Listen geführt hätte, außerdem kann sie sie vor Gericht verwenden. Ich frage mich, ob sie ihre ‚Mädchen' ausliefern wird, wenn ihr klar wird, dass ihr eine Gefängnisstrafe droht."

Ich trank große Schlucke von meinem Wein und fragte

mich, ob ich wohl zu einer dieser alten Damen geworden war, die die ganze Zeit über die Nachbarn tratschte und jede junge attraktive Frau, die Stöckelschuhe trug - wie Suzette Garnet - für eine Prostituierte hielt. Als Nächstes würde ich die Leute anschreien, die sich auf meinen Rasen verirrten, und den Zeitungsjungen schikanieren.

Ich trank einen weiteren Schluck Wein und hatte das Glas noch nicht abgesetzt, als ich einen Mann erblickte, der die breite Treppe zu meiner Veranda heraufstieg. Es war vier Uhr und das war mein potenzieller Mitbewohner. Nathanial Beck schien Mitte vierzig zu sein - viel zu jung für einen Richter -, aber Locust Point war eine kleine Ortschaft und auch Milford, die Kreisstadt, war im Vergleich zu anderen Städten klein. Richter mussten ernannt werden und es schien nicht abwegig zu sein, dass ein Anwalt mit einer soliden Karriere und einem guten Ruf schon mit vierzig zum Richter eines kleinen Bezirks ernannt worden war.

Oder er war älter und sah einfach gut aus. Er sah tatsächlich gut aus; er hatte blondes, von der Sonne gebleichtes Haar und etwas dunklere Augenbrauen, die sein braungebranntes Gesicht zierten. Diese dunklen Augenbrauen schnellten nach oben, als er uns sah ... als er *mich* sah.

Heiliger Strohsack. Der Richter, mein potenzieller Mitbewohner, war gerade rechtzeitig erschienen, um mein Saufgelage mit Daisy Mercer mitzubekommen. So viel zum Thema aufrichtige Vermieterin, die er in seinem Scheidungsfall als Zeugin mit gutem Charakter vor Gericht präsentieren konnte.

Ich stellte das Weinglas hin, stand auf und schüttelte ihm die Hand. Er hatte einen festen Händedruck und trug eine schwere, teure Uhr. Nicht wie die mit Diamanten besetzte Rolex, die J.T. allen unter die Nase hielt. Diese Uhr sah aus, als könnte man sie fünfzig Meilen unter Wasser tragen und sich immer noch darauf verlassen, dass sie die genaue Zeit anzeigte.

„Ich bin Kay Carrera." Ich deutete auf Daisy, die mit offenem Mund dasaß und meinen Gast mit einem Glas Pinot Grigio in der Hand anstarrte, anstatt ihn zu begrüßen. „Das ist Daisy Mercer, meine Freundin und Nachbarin."

„Ich heiße Nathanial Beck. Carson hat gesagt, dass Sie einen Mitbewohner suchen. Wenn es ein ungelegener Zeitpunkt ist ..." Er verstummte. Sein Blick wanderte zu Daisy, dann zu der Weinflasche – der fast leeren Weinflasche.

Ich hörte, wie Daisys Zähne klackten, als sie den Mund schloss. Dann stellte sie ihr Weinglas auf den Tisch. „Oh, nein. Ich wollte gerade gehen. Wir mussten ... etwas feiern."

Na toll. *Vielen Dank, Daisy.*

„Ich hatte kürzlich eine Kataraktoperation und der Arzt hat mir heute bestätigt, dass alles in Ordnung ist." Ich lächelte ihn an. „Ich hatte in letzter Zeit nicht viel Grund zum Feiern." Meine Stimme klang leicht zittrig.

Seine haselnussbraunen Augen weiteten sich. Ich sah etwas in seinem Blick, das über bloßes Mitgefühl hinausging, eine Art Wehmut. „Natürlich. Mein herzliches Beileid, Mrs. Carrera. Es tut mir leid, dass Ihr Mann gestorben ist."

Ich fühlte mich schlecht, weil es so aussah, als würde ich den Tod meines Mannes als Vorwand benutzen, mitten am Nachmittag Wein zu trinken. Eine einsame Witwe, die einen Grund zum Feiern brauchte. Was ich gesagt hatte, stimmte jedoch. Ich hatte in den letzten zehn Jahren wirklich nicht viel Grund zum Feiern gehabt, obwohl Daisy immer gerne vorbeikommen war und mir geholfen hatte, meine Sorgen in einer Flasche Wein zu ertränken. Unsere kleinen Partys auf der Veranda waren jedoch in den letzten paar Jahren eher selten geworden.

Die Trauer übermannte mich wieder, es fühlte sich an, als hätte sich das Gewicht der Welt verhundertfacht. Meine Augen begannen zu brennen, als er mir sein Beileid aussprach und ich daran dachte, was ich alles verloren hatte. Eli war vor knapp einem Monat gestorben und ich fühlte mich innerlich immer noch wund.

Daisy stöckelte in ihren hochhackigen Schuhen die Treppe hinunter und versprach, mich später anzurufen. Ich blinzelte die Tränen weg und deutete auf die Haustür. „Bitte. Kommen Sie herein, ich zeige Ihnen alles."

Die Haustür bestand eigentlich aus zwei Türen. Es waren schmale Eichenholztüren, die kleine Messingknäufe und altmodische Schlüssellöcher hatten. Wenn man breiter als ein Besenstiel war, musste man beide Türen öffnen, sonst riskierte man, mit den Hüften und den Schultern hängenzubleiben. Das war besonders mühsam, wenn man Lebensmittel oder eine Reisetasche ins Haus tragen wollte – oder wenn man ein großgewachsener Richter mit breiten Schultern war.

„Hübsch", kommentierte er, während er sich zur Seite drehte und durch die Tür quetschte.

Das war sie, deshalb hatten Eli und ich sie so belassen und sie nicht durch eine moderne Tür mit normaler Breite ersetzt. Ich ging voraus und führte ihn in den Raum, der früher einmal als Salon gedient hatte, jedoch mittlerweile als Wohnzimmer genutzt wurde. Die eingebauten Bücherregale waren mit Belletristik und Sachbüchern vollgestopft. Neben einem Marmortisch standen zwei verstellbare Sessel. Unter dem Erkerfenster stand eine Sitzbank mit vielen Kissen, in die ein zusätzliches Bücherregal eingelassen war. Richter Beck nickte und verzog keine Miene. Ich wartete einen Moment, dann führte ich ihn in das Eckzimmer, das Eli und ich in einen Fernsehbereich umgewandelt hatten. Der Richter zuckte immer noch nicht mit der Wimper. Ich ging weiter und betrat das Esszimmer, in dem ein riesiger Mahagonitisch und Stühle standen, die meiner Tante Hazel gehört hatten. Als ich die Stille nicht länger ertrug, erzählte ich ihm die Geschichte von den originalen Bleiglasfenstern und den Fensterläden. Als Eli und ich das Haus gekauft hatten, waren einige der Fenster bereits durch moderne, energieeffiziente Fenster ersetzt worden. Wir hatten viele Abende damit verbracht, Internetangebote durchzugehen und Offerten einzuholen, bevor wir uns dazu entschieden, ins kalte Wasser zu springen, die modernen Fenster herauszureißen und sie durch antike Fenster zu ersetzen, die wir hauptsächlich bei Auktionen und Haushaltsauflösungen erstanden hatten.

Wir hatten es uns zur Aufgabe gemacht, die Auktionen entlang der Küste abzuklappern und oft große schwere Fenster über mehrere Bundesstaaten hinweg transportiert. Aber wenn ich durch das gewellte Glas sah, durch das man eine leicht verzerrte Sicht hatte, hatte ich das Gefühl, zurück in die Vergangenheit zu reisen. Meine Heiz- und Stromkosten waren zwar unverschämt hoch, aber es lohnte sich.

„Die Küche ist mit modernen Geräten ausgestattet. Als wir das Haus gekauft haben, haben wir es neu verkabelt und die meisten Sanitärinstallationen saniert. Die Stereoanlage im Fernsehraum ist mit Lautsprechern in der gesamten unteren Etage verbunden. Es sind auch einige auf der Veranda und im Pavillon angebracht."

Er nickte wieder. Ich fing an zu schwitzen und befürchtete, dass ihm das Haus nicht gefiel. Wie konnte er mein schönes Zuhause nicht mögen? Es war, als würde er mich nicht mögen.

„Das Haus hat drei Stockwerke", sagte ich, trat wieder in den Flur hinaus und ging auf die breite Treppe zu. Ich strich mit der Hand über das dicke Holzgeländer. Das abgenutzte Eichenholz zu spüren beruhigte mich. „In der obersten Etage sind zwei kleine Zimmer und eine Sitzecke untergebracht. Im zweiten Stock sind vier Zimmer, eines davon ist das Elternschlafzimmer. Das Elternschlafzimmer ist das einzige Zimmer, das ein eigenes Bad hat, aber es befindet sich auf jeder Etage ein großes Badezimmer am Ende des Flurs."

Ich zeigte ihm die drei Zimmer im zweiten Stock und entschied, dass ich ihm das Elternschlafzimmer, in dem ich wohnte - in dem Eli und ich bis zu seinem Unfall gewohnt hatten -, nicht zeigen wollte. Nach dem Unfall war Eli ins Fernsehzimmer umgezogen; in ein riesiges Krankenhausbett mit Seitenschienen, das sich per Knopfdruck verstellen ließ. Ich hatte es gehasst, dass das Bett dort stand. Ich wollte dieses hässliche Ding nicht in meinem Haus haben. Und ich hatte es gehasst, dass ich nicht in der Lage gewesen war, Eli alleine die Treppe hinauf und hinunter zu bringen. Ich hatte gehasst, woran es mich erinnerte – der plötzliche Verlust meines geliebten Mannes, der sich in einen Invaliden verwandelt hatte, den ich nicht kannte. Ich hatte es gehasst, aber als der Tag kam, an dem es aus dem Haus geräumt wurde, hatte ich geweint.

Wir hatten alle sechs Zimmer dekoriert und eingerichtet, selbst als klar war, dass wir keine Kinder haben würden. Es war praktisch, viele Gästezimmer zu haben, in denen wir Besucher oder Freunde unterbringen konnten, die nach einer durchzechten Nacht nicht mehr nach Hause fahren wollten. Nach modernen Maßstäben waren sie nicht gerade groß, aber ich hoffte, dass der Richter sie trotzdem akzeptabel finden würde.

„Im obersten Stock ist es im Sommer ziemlich heiß", gestand ich. „Die Zimmer sind relativ klein und man erreicht sie nur über eine schmale Hintertreppe. Früher haben die Dienstboten dort gewohnt. Außer dem Elternschlafzimmer stehen Ihnen alle Zimmer zur Verfügung. Falls Sie jedoch den dritten Stock benutzen möchten, müssen Sie sich vermutlich mit den Möbeln zufriedengeben, die schon in den Zimmern stehen; es sei denn, Sie wollen sie auf das hintere Verandadach hieven und von dort aus durch die Tür schieben."

Ich plapperte wieder drauflos. Wenn er nicht einziehen wollte, warf es irgendwie ein schlechtes Licht auf mich. Obwohl ich am Anfang nicht sicher gewesen war, ob ich überhaupt einen Mitbewohner wollte, ertappte ich mich jetzt dabei, dass ich ihm verzweifelt mein Haus anpries.

„Können wir die Zimmer umdekorieren?"

Es keimte wieder Hoffnung in mir auf. „Wenn es kleine Dinge sind, habe ich nichts dagegen. Sie können sie neu streichen. Oder die Teppiche ersetzen. Sie können auch die Möbel ausräumen, wenn Sie lieber Ihre eigenen verwenden möchten."

„Ich habe keine Möbel", gestand er. Seine Stimme klang monoton und passte zu seinem ausdruckslosen Gesicht. „Ehrlich gesagt graut es mir davor, Betten, Kommoden und alles andere kaufen zu müssen. Ich habe eher an Farbe, Bilder und solche Dinge gedacht. Henry wird es egal sein, solange er einen Fernseher und eine Xbox hat, aber Madison wird ihr Zimmer in ein Teenager-Paradies verwandeln wollen."

Seine Lippen zuckten, als er den letzten Satz sagte, und sein Blick wurde etwas weicher. Väter und Töchter. Ich hatte zwar keine eigenen Kinder, konnte diese Art von Beziehung jedoch gut nachvollziehen. Mein Vater und ich hatten uns sehr nahegestanden. Meine Mutter und ich zwar auch, aber auf eine andere Weise. Ich hatte mal irgendwo gelesen, dass Mädchen ihre Väter als eine Art Vorlage für ihre Partner benutzten. Ich wusste nicht, inwiefern das stimmte. Von außen gesehen war Eli ganz anders gewesen als mein Vater, der Polizist gewesen war. Sie hatten jedoch beide dieselbe ruhige, unerschütterliche Art gehabt und waren nüchtern und rational gewesen. Und sie hatten sich beide nicht um Papierkram geschert.

„Das ist kein Problem", sagte ich.

Der Richter stand einen Moment lang schweigend da. Ich beschloss, die großen Geschütze aufzufahren und ihm den Teil des Hauses zu zeigen, in den ich mich in den letzten Jahren nur selten gewagt hatte.

„Bitte folgen Sie mir." Ich führte ihn die Treppe hinunter, durchquerte das Esszimmer, ging durch die Küche und stieg die Dienstbotentreppe in den Keller hinunter. Als ich das Licht anknipste, fiel ihm die Kinnlade herunter. Ich konnte mir das Grinsen nicht verkneifen. Damals, als wir den Keller umgebaut hatten, hatte uns die Welt zu Füßen gelegen und Eli hatte keine Kosten gescheut. Das Heimkino war zwar etwas veraltet, sah aber immer noch beeindruckend aus. Richter Becks Kindern würde es zweifellos Spaß machen, den Filz auf dem drei Meter langen Billardtisch zu zerreißen, den ich meinem Mann in dem Jahr, in dem wir die Renovierungsarbeiten abgeschlossen hatten, zu Weihnachten geschenkt hatte. Und was den Weinkeller und den Zigarrenraum betraf - diese Türen würden einfach verschlossen bleiben. Sie waren ohnehin fast leer. Nach dem Unfall hatten wir uns keinen teuren Wein und Zigarren mehr leisten können.

„Das ist ... wow. Den Kindern würde es hier gefallen. Sie hätten ihre eigenen Zimmer und ich müsste mir keine Sorgen machen, dass sie Sie mit ihren Fernsehsendungen stören, wenn sie hier sind."

„Der Garten ist auch ziemlich groß. Es gibt einen Whirlpool, einen Pavillon und einen Gasgrill."

Eli und ich hatten an Wochenenden immer Gäste gehabt. Wir hatten Grillfeste und ungezwungene Weinproben veranstaltet. Wir hatten die Lautsprecher eingeschaltet, mit unseren Gästen geplaudert, uns auf die Bänke gesetzt und den Kräutergarten bewundert, den ich angelegt hatte. Mittlerweile war der Garten voller Unkraut. Der Whirlpool war leer. Ich konnte mich nicht daran erinnern, wann ich zum letzten Mal den Grill benutzt hatte. Vermutlich war er voller Wespen. Aber das würde sich bald ändern. Das hier war eine gute Sache. Es war eine großartige Sache. Dieses Haus war zu viel groß für mich und eine Katze.

„Oh, und ich habe eine Katze. Ich hätte beinahe vergessen, es zu erwähnen. Ist das in Ordnung?"

Seine Augen funkelten schelmisch. „Das ist perfekt. Heather ist allergisch gegen Katzen, deshalb hatten wir nie eine. Die Kinder werden sich freuen."

Ich wusste nicht genau, was ich davon halten sollte, dass Taco zum Instrument eines passiv-aggressiven Racheaktes an Richter Becks zukünftiger Ex-Frau gemacht wurde, aber ich würde mich damit abfinden. Ich entspannte mich und spürte, wie der finanzielle Druck proportional zu seiner wachsenden Begeisterung nachließ. „Die Kinder können gerne ihre Spielkonsolen mitbringen, wir können sie hier unten anschließen. Ich sehe nicht oft fern und wenn, benutze ich meistens den Fernseher im Erdgeschoss. Sie können den Fernsehraum jederzeit benutzen."

Richter Beck ging durch den Raum, strich mit der Hand

über die Holzverkleidung des Billardtisches und inspizierte die Dart-Scheibe an der gegenüberliegenden Wand. „Ich würde Regeln aufstellen. Sie müssten sich keine Sorgen machen, dass die Kinder irgendwelchen Schaden anrichten."

Schäden konnten repariert werden. Dieses Haus brauchte Liebe. Besonders der Keller war viel zu lange vernachlässigt worden. Ehrlich gesagt lag es nicht daran, dass ich nicht of fernsah, dass ich diesen Teil des Hauses vermied. Er war immer Elis Zufluchtsort gewesen und nach dem Unfall war es zu schmerzhaft gewesen, hier unten zu sein und die Treppe hinunterzusteigen, die er nicht mehr meistern konnte. Eine weitere Sache, die ihm der Unfall geraubt hatte – uns.

„Was ist in diesem Zimmer?"

Mir wurde es eng in der Brust und das Atmen fiel mir schwer. „Es ist ein Humidor. Mein Mann hatte mal eine Phase, in der er Zigarren geraucht hat. Er hat sie in diesem Zimmer aufbewahrt. Temperatur und Feuchtigkeit lassen sich regulieren." Ich schluckte den Kloß in meinem Hals hinunter. „Sie brauchen sich deswegen keine Sorgen zu machen. Ich rauche nicht und es sind nicht mehr viele Zigarren übrig. Die Tür daneben führt in den Weinkeller. An beiden Türen sind Schlösser angebracht."

Ich rang nach Luft und konnte nur stoßweise atmen. Meine Sicht verschwamm wieder. Ich hatte alle teuren Zigarren verkauft. Ich hatte Elis Zigarren verkauft. Ich rauchte nicht und nach dem Unfall hatte Eli nicht mehr rauchen können. Wir hatten das Geld gebraucht, aber oh ... wie sehr ich mir wünschte, er wäre da und würde mir eine stinkende Rauchwolke ins Gesicht blasen - und lachen, wenn ich mich darüber beschwerte.

Er hatte nicht gewusst, dass sie weg waren; er hatte nie

nach den Zigarren gefragt. Verdammt, er hätte *gewollt*, dass ich sie verkaufe. Die Erinnerung berührte trotzdem eine wunde Stelle in meiner Seele. Nicht einmal seine Kleider wegzuräumen hatte so wehgetan.

„Das ist in Ordnung." Die Stimme des Richters klang sanft und irgendwie mochte ich ihn plötzlich – nicht nur die Tatsache, dass er mich vor der Zwangsvollstreckung bewahrte, sondern *ihn*. „Ich bin froh, dass Sie nicht rauchen, und Wein hinter einer verschlossenen Tür ist kein Problem."

Ich drehte mich um. Mir war peinlich, dass er gesehen hatte, wie verletzlich ich war. „Also, was sagen Sie?"

Der Richter holte tief Luft, stellte sich vor mich hin und sah mich an, als würde er etwas Abscheuliches gestehen müssen.

„Ich weiß nicht, wie viel Carson Ihnen erzählt hat, aber ich stecke gerade mitten in der Scheidung und will das gemeinsame Sorgerecht für die Kinder beantragen. Heather wehrt sich mit Händen und Füßen dagegen. Eine der wichtigsten Voraussetzungen, die ich erfüllen muss, ist, dass ich den Kindern eine sichere Unterkunft biete und einen makellosen Ruf wahre. Ihr Haus ist perfekt. Ich würde gerne drei Zimmer mieten und bin bereit, einen Mietvertrag für zwei Jahre zu unterschreiben. Vermutlich wird es ungefähr so lange dauern, bis die Scheidung über die Bühne ist."

Danach würde er wahrscheinlich ein geschmackloses Fertighaus in einem schicken Vorort kaufen. Wenn ich zustimmte, würde ich zwei Jahre Zeit haben, um zu entscheiden, was ich mit dem Haus tun wollte. Ich machte mir nichts vor und wusste, dass ich mir das Haus mit meinem Gehalt langfristig nicht leisten konnte, aber im Moment schienen zwei Jahre eine Ewigkeit zu sein.

„Mrs. Carrera? Ist das in Ordnung für Sie?"

„Kay." Ich wusste nicht, warum es mir so wichtig war, aber ich wollte nicht, dass mein Mitbewohner mich „Mrs. Carrera" nannte. Ich kam mir wie eine alte Grundschullehrerin vor - oder, als wäre ich kurz davor, ins Pflegeheim zu ziehen. „Bitte nennen Sie mich Kay."

Er lächelte. Sein Lächeln war viel zu breit, um im herkömmlichen Sinne als attraktiv zu gelten, aber es brachte mich dazu, zurückzulächeln. Er schien ein netter Mann zu sein. Zurückhaltend, gesetzestreu und vertrauenswürdig – ein ernsthafter und beständiger Mann. „Also gut. Kay. Wie hoch ist die Miete, Kay?"

Mir fiel auf, dass er mich nicht darum bat, ihn Nathanial oder Nate zu nennen. Aber es spielte keine Rolle. Er wirkte so förmlich, dass ich ihn einfach „Richter Beck" nennen würde. Ich hoffte nur, dass es nie so weit kommen würde, dass ich wegen eines Strafzettels vor Gericht erscheinen musste. Das wäre äußerst peinlich.

Ich nannte einen Betrag und hielt dem Richter zugute, dass er nicht mit der Wimper zuckte. Vermutlich musste er den Gurt etwas enger schnallen, wenn er mitten in der Scheidung steckte, aber ich hatte eine Hypothek, die ich abzahlen musste. Wenn er nicht so viel Miete bezahlte, wie ich verlangte, würden wir innerhalb eines Jahres auf der Straße stehen.

„Einverstanden."

Ich blinzelte. Plötzlich hatte ich einen Mitbewohner - eigentlich drei, um genau zu sein. Die Kinder würden wahrscheinlich oft hier sein. Ich hatte Mitbewohner und würde die nächsten zwei Jahre meinen Hypothekenzahlungen nachkommen können. Mir fiel ein riesiger Stein vom Herzen.

„Ich würde gerne morgen Vormittag einziehen, wenn das möglich ist."

Das war zwar furchtbar schnell, aber ich vermutete, dass es zu Hause unangenehm war. Oder vielleicht wohnte er in einem Hotel. Wie auch immer, es war kein Problem. „Ich gebe Ihnen einen Schlüssel. Den Mietvertrag habe ich noch nicht aufgesetzt, wir können ihn morgen unterschreiben, wenn Sie einziehen."

Ich würde ein paar Stunden im Internet surfen und Vorlagen herunterladen, das war auch kein Problem. Außerdem hatte ich am Abend nichts anderes vor, als mir lustige Katzenvideos anzusehen.

„Da wäre noch etwas." Der Richter verzog das Gesicht. „Heather wird sich das Haus ansehen und Sie kennenlernen wollen, bevor die Kinder hierherkommen dürfen. Ich möchte, dass sie gleich morgen vorbeikommt, wenn das in Ordnung ist. Es tut mir leid, dass ich Sie mit einer so angespannten Situation behelligen muss, aber ich muss nett zu ihr sein, sonst wird sie dem gemeinsamen Sorgerecht niemals zustimmen."

Ich würde ein höfliches Gespräch mit einer feindseligen Ehefrau führen müssen. Zum Glück sah ich nicht aus wie jemand, der ihren Noch-Ehemann verführen oder nackt durchs Haus rennen würde, wenn die Kinder da waren. Oder wenn sie *nicht* da waren.

„Das ist in Ordnung. Ich werde hier sein."

Er schüttelte mir die Hand. „Dann sehen wir uns morgen, Kay."

Er zückte ein Scheckheft. Einen Moment später hatte sich mindestens die Hälfte der Probleme, die mich so lange belastet hatten, in Luft aufgelöst.

**5**

___

Am nächsten Tag, als Richter Beck früh morgens strahlend auftauchte, saß ich nicht mit Daisy auf der Veranda und trank Wein. Ich strickte. Na ja, wenigstens *versuchte* ich, zu stricken. Ich hatte mich immer für jemanden gehalten, der Durchhaltevermögen hatte und nicht so schnell aufgab, aber es war entmutigend, dass es mir nicht gelang, das Garn zu Maschen zu formen und sie zu hübschen, nützlichen Objekten zu verbinden. Immerhin waren die Plätzchen gut geworden.

Ich hatte schon immer gerne gebacken. Gerichte, die man nicht backen musste, gelangen mir nicht immer so gut. Meine Brathähnchen hatten oft die Konsistenz und den Feuchtigkeitsgehalt von Trockenfleisch. Mein Reis blieb am Pfannenboden kleben. Meine Nudeln waren verkocht und schleimig, und meine Steaks waren entweder so roh wie Antilopenfleisch in der Savanne oder völlig verkohlt. Aber mit Mehl, Butter, Zucker und Eiern konnte ich meine Gäste in Sekundenschnelle in Typ-Zwei-Diabetiker verwandeln. Natürlich hatte ich während der letzten zehn Jahre nicht oft gebacken. Vor lauter Angst, dass meine Backkünste sich so wie mein Kräutergarten entwickelt haben könnten, war ich am Vorabend in den Laden gefahren und hatte einen riesigen Behälter mit vorgefertigtem Plätzchenteig gekauft. Dann war ich nach Hause gefahren, hatte Teewasser aufgesetzt, den Fernseher eingeschaltet und mir Wiederholungen von alten Sendungen angesehen. Herr Glaskörperflocke hatte die ganze Zeit direkt neben mir gestanden. Langsam bereute ich diese Kataraktoperation. Dass ich wieder Auto fahren, lesen und klar sehen konnte, war ein Wunder der modernen Medizin, aber ich war nicht sicher, ob es die visuellen Halluzinationen wert war.

Dann war ich ins Bett gegangen, hatte an die Decke gestarrt und mich gefragt, wie mein Leben wohl ohne Eli aussehen würde. Tagsüber würde ich beschäftigt sein, aber was sollte ich an Abenden und an Wochenenden tun? Ich würde mir nicht ewig lustige Katzenvideos ansehen, mit Daisy auf der Veranda Wein trinken und Plätzchen backen können. Selbst wenn es mir irgendwann gelingen sollte, das Stricken in den Griff zu bekommen, würde ich nicht dauernd stricken können. Was hatte ich getan, bevor ich Eli geheiratet hatte? Wanderungen unternommen? Oder Fahrradtouren? Konzerte besucht? War ich mit sechzig zu alt, um zu einem Konzert zu gehen? Vielleicht sollte ich einen Abendkurs im College belegen.

Ich hatte mich so lange hin und her gewälzt, bis Taco sich in sein Katzenbett neben der Kommode zurückzogen hatte. Gegen zwei Uhr morgens war ich endlich eingeschlafen, jedoch um sechs wieder aufgestanden, um Plätzchen zu backen und Stricken zu lernen. Die Plätzchen waren perfekt geworden, der Fertigteig hatte mich nicht im Stich gelassen. Taco wurde zum Vorkoster ernannt und schien mit dem Ergebnis zufrieden zu sein. Dann ging er nach draußen, um seine Morgenrunde zu drehen. Ich aß ein paar Plätzchen, trank meinen Kaffee und zündete eine Kerze an, die nach Butterkeksen duftete, um sicherzustellen, dass in den nächsten Stunden alles reibungslos ablaufen würde. Das Haus roch wie eine Bäckerei und der Servierteller aus geschliffenem Glas, den ich mit Erdnussbutterplätzchen beladen und ins Wohnzimmer gestellt hatte, vervollständigte die Illusion.

Wenn das Stricken nur auch so gut gelaufen wäre. Es hatte mindestens eine halbe Stunde gedauert, bis ich die Anleitung entziffert hatte. Der gestrickte Teil schien in Ordnung zu sein, aber egal, wie oft ich die Anleitung für die Linksmasche las, sie sah am Schluss immer komisch aus. Ich hatte bereits dreimal wieder von vorne angefangen und eine Lupe herausgeholt, um mir die Schritt-für-Schritt-Illustrationen anzusehen, für den Fall, dass ich etwas verpasst hatte. Als Richter Beck erschien, hielt ich ein rechteckiges Schlaufengewirr in der Hand. Ich war noch nie im Leben so dankbar gewesen, jemanden zu sehen. Ich warf das unförmige Stück Handarbeit neben den Plätzchen auf den Wohnzimmertisch und bot ihm an, ihm zu helfen, seine Kisten nach oben zu tragen.

Er sah entsetzt aus, als hätte ich ihm angeboten, seine Autoreifen zu wechseln oder einen Kühlschrank zu stemmen.

„Nein, nein. Das ist nicht nötig. Sie–" Er blieb abrupt vor der Treppe stehen und schnupperte die Luft.

„Möchten Sie ein Plätzchen?", bot ich an. Dann wurde mir klar, dass er eine große Kiste in den Händen hielt und sich kein Plätzchen nehmen konnte. Ich tat, was jede exzentrische Frau getan hätte, die sich zehn Jahre um einen behinderten Ehemann gekümmert hatte: Ich nahm ein Plätzchen und schob es ihm in den Mund.

Richter Beck war groß. Und er trug eine große Kiste. Ich

musste den Arm ausstrecken und um die Kiste herummanövrieren, um ihm die krümelige Erdnussbutter-Leckerei in den Mund zu schieben. Er blinzelte überrascht, murmelte etwas und ging dann kauend die Treppe hinauf.

Ich sah mich im Foyer und im Wohnbereich um. Plätzchen. Strickarbeit. Taco döste auf der Fensterbank und zuckte im Traum mit den Pfoten. In der Ecke des Zimmers standen Kisten, die von einer Wohltätigkeitsorganisation abgeholt werden konnten. Es war nicht perfekt, aber es würde reichen. Es fehlte nur noch eine Kanne frischer Kaffee und dann war ich bereit für meine neuen Mitbewohner.

Gerade, als ich die Kanne gefüllt hatte, hörte ich Stimmen vor der Tür. Sie waren so laut, dass sogar ein Gehörloser sie gehört hätte.

„Die Kinder werden nicht hier übernachten. Ich werde sie nicht einmal aus dem Auto lassen, bis ich mich davon überzeugt habe, dass dieses Haus geeignet für sie ist.“

„Hör auf, Heather. Du warst schließlich diejenige, die nicht wollte, dass ich eine Wohnung miete, und behauptet hat, es gäbe nicht genug Platz für die Kinder. Bis die Scheidung rechtskräftig ist, kann ich nicht auf meine Ersparnisse zugreifen, um ein Haus zu kaufen. Entweder ist es das hier oder eine Wohnung. Du kannst es dir aussuchen.“

„Ich werde nicht zulassen, dass meine Kinder bei einem Flittchen wohnen. Wenn du auch nur minimales Besuchsrecht willst, muss ich wissen, wo sie sind und bei wem sie wohnen.“

„Oh, als hätte ich etwas zu sagen gehabt, als du sie Taylor vorgestellt hast. Ich habe keine Ahnung, ob er bei dir schläft, in *unserem* Haus, in *unserem* Bett, während die Kinder gleich nebenan sind. Sie ist Witwe, Heather. Und sie ist mindestens zwanzig Jahre älter als ich.“

Was war mit dem ruhigen, emotionslosen Mann passiert, den ich am Vortag kennengelernt hatte? Scheidungen schienen das Schlimmste in den Leuten zum Vorschein zu bringen. Ich musste der Sache ein Ende setzen, bevor Richter Beck die Geduld verlor, alles ruinierte und ich wieder nach billigen Einzimmerwohnungen Ausschau halten musste. Ich rannte praktisch aus der Küche, verlangsamte jedoch meine Schritte und setzte ein freundliches Lächeln auf, als ich das Foyer betrat.

„Schön, Sie kennenzulernen. Ich bin Kay Carrera. Ich war gerade in der Küche und habe Kaffee gemacht." Ich hielt die Kanne in die Höhe und stellte sie neben die Plätzchen. Meine schreckliche Strickarbeit schob ich zur Seite und stellte ein paar Tassen auf den Tisch. „Darf ich Ihnen eine Tasse Kaffee anbieten? Sahne oder Zucker? Plätzchen? Sie müssen Heather sein. Sind die Kinder noch im Auto?"

Ich schüttelte ihr die Hand, winkte sie ins Haus und stieß mit dem Ellbogen den überrascht aussehenden Richter Beck aus dem Weg. Draußen war ein glänzender Cadillac Escalade geparkt. Das neueste Modell. Die Beifahrertür war offen und ich erhaschte einen Blick auf ein dunkelhaariges Mädchen, das auf seinem Handy herumtippte.

Heather starrte mich fassungslos an. Sie betrachtete zweifellos meine ausgebeulte Jeans, meinen Arbeitskittel und mein zerzaustes Haar. Ich sah bestimmt ganz anders aus als das Flittchen, das sie erwartet hatte. Es hatte zwar ein bisschen wehgetan, als er mich als viel ältere Witwe bezeichnet hatte, aber daran musste ich mich wohl gewöhnen. Ich war Witwe und beinahe alt genug, um Richter Becks Mutter zu sein. Es war Zeit, mein neues Ich zu akzeptieren.

Heather sah mich ungläubig an und betrat langsam das

Wohnzimmer. Ich zeigte auf die Kisten, die neben der Tür gestapelt waren. „Bitte entschuldigen Sie die Unordnung. Mein Mann ist letzten Monat gestorben und ich bin immer noch dabei, seine Sachen auszusortieren. Die Kisten hätten eigentlich gestern abgeholt werden sollen, aber die Leute von der Wohltätigkeitsorganisation können erst am Montag vorbeikommen."

Ihr Gesicht wurde rot. Auf einer Farbskala von eins bis zehn eine eindeutige Neun. „Oh. Ich wusste nicht, dass ... Nate hat erwähnt, dass Sie Witwe sind, aber ich wusste nicht, dass alles so frisch ist. Mein herzliches Beileid."

Ich durfte nicht darüber nachdenken. Ich durfte nicht anfangen zu weinen, wie sonst jedes Mal, wenn mir jemand sein Beileid aussprach. Ja, mein Herz schmerzte, aber ich musste in die Zukunft blicken – eine Zukunft, die hoffentlich einen Mitbewohner und zwei Kinder im Teenageralter beinhaltete.

„Richter Beck hat erzählt, dass Sie zwei Teenager haben", sagte ich. „Ich freue mich darauf, sie hier zu haben. Eli und ich haben es zwar versucht, aber wir konnten keine Kinder haben."

„Ja ... zwei Kinder. Ich bin ... ja, zwei Kinder. Madison geht zur Highschool und Henry zur Mittelschule. Sind Sie sicher? Sie sind Teenager und wenn man nicht an Kinder gewöhnt ist, können sie ziemlich laut und ungestüm sein."

Richter Beck schnaubte. „Willst du ihr etwa Angst machen, Heather? Sieht so aus, als wolltest du, dass ich wieder in ein Hotelzimmer ziehen muss, damit du das alleinige Sorgerecht beantragen kannst. Das ist unterste Schublade, sogar für jemanden wie dich."

O nein. Nicht schon wieder. Ich musste die Situation entschärfen - und zwar schnell. „Das Haus hat sechs Zimmer, sie werden beide ein eigenes Zimmer haben. Den Keller haben wir zu einem Fernseh- und Aufenthaltsraum umgebaut." Ich drehte mich zu ihr um und schenkte ihr mein freundlichstes „Ich-liebe-Teenager"-Lächeln. „Dieses Haus sehnt sich nach Kinderlachen. Ich hoffe, Sie erlauben Ihren Kindern, hier zu sein. Es würde mir wirklich viel bedeuten."

Ich wusste, dass ich ein bisschen zu dick aufgetragen hatte, aber es gab nur wenige Dinge, die herzzerreißender waren, als eine kinderlose sechzigjährige Witwe, die in einem riesigen viktorianischen Herrenhaus wohnte. Außerdem *stimmte* es, dass ich mich auf die Kinder freute. Ich hatte Plätzchen gebacken. Ich hatte Limonade und Snacks eingekauft. Ich hatte sogar ein zusätzliches Hähnchen für das Abendessen besorgt.

Heather blinzelte und sah zwischen Richter Beck und mir hin und her. „Äh, ja, zu einer Tasse Kaffee sage ich nicht nein. Schwarz. Kein Zucker."

Eine Frau nach meinem Geschmack. Ehrlich gesagt hatte ich nichts gegen Heather Beck. Ich hatte keine Ahnung, was zwischen ihr und ihrem Mann vorgefallen war, und wollte es auch nicht wissen, aber sie sah nicht aus wie die Goldgräber-Baby-Mama, die ich mir vorgestellt hatte. Ich hatte eine Blondine mit Schönheitsoperationen erwartet, die Stöckelschuhe trug. Heather wirkte jedoch eher wie eine Fußball-Mama oder eine sportliche gekleidete Führungskraft. Ihr langes, dunkelbraunes Haar war zu einem ordentlichen Dutt zusammengebunden und sie war dezent und geschmackvoll geschminkt. Sie trug eine olivgrüne Hose und ein T-Shirt mit einem runden Ausschnitt, das ihr Dekolleté verhüllte. Sie schien ohnehin kein großes Dekolleté zu haben. Sie hatte eher die Figur eines Supermodels als die eines üppigen Pornostars.

Ich schenkte ihr eine Tasse Kaffee ein, bot ihr erneut ein Plätzchen an und lächelte, als sie eines nahm.

„Was stricken Sie?", fragte sie und beäugte meine Strickarbeit.

Ich hatte keine Ahnung. Eigentlich hätte es ein Topflappen werden sollen, er sah jedoch überhaupt nicht so aus wie auf dem Bild. „Ich lerne erst gerade, wie man strickt. Es ist ein Übungsstück. Ich würde gerne Mützen für Neugeborene im Krankenhaus und Socken für Soldaten im Ausland stricken."

Sie nickte und sah immer noch leicht verwirrt aus. „Leisten Sie viel Wohltätigkeitsarbeit?"

Nein. Die letzten zehn Jahre hatte ich mich um Eli kümmern müssen, ich hatte nicht einmal Zeit gehabt, an Wohltätigkeitsarbeit zu *denken*. „Jetzt, wo ich mehr Zeit habe, würde ich das gerne tun. In erster Linie geht es mir darum, Beschäftigung zu haben, aber ich würde mich gerne ehrenamtlich engagieren und mehr für wohltätige Zwecke tun."

„Natürlich." Sie blickte zur offenen Autotür hinüber und runzelte leicht die Stirn, als würde sie überlegen, ob sie die Kinder ins Haus lassen sollte oder nicht.

„Möchten Sie sich die Zimmer ansehen?", fragte ich. Ich betete inbrünstig, dass sie mich und mein Haus mochte. Es würde die Dinge viel einfacher machen, wenn sie sich hier wohlfühlte und das Gefühl hatte, ein zivilisiertes - sogar freundliches - Gespräch mit mir führen zu können. Ich hatte mich noch nie in meinem Leben so bemüht, jemanden für mich zu gewinnen.

Heather warf einen weiteren besorgten Blick Richtung Auto und nickte. Ich zeigte ihr das Haus und sagte fast die gleichen Dinge, die ich am Vortag zu Richter Beck gesagt hatte. Als ich ihr den Garten zeigte, verlagerte sich unser

Gespräch auf triviale Themen, wie zum Beispiel, welche Unternehmen ein Boot bei der Sommerregatta sponsern würden, und ob das Highschool-Softballteam eine Chance hätte, auf Bundesebene zu spielen. Wir gingen die umlaufende Veranda entlang zur Vorderseite des Hauses. Sie blieb stehen und blickte erneut zum Auto hinüber.

„Steigt aus, Kinder", rief sie schließlich. „Seht euch Papas neue Wohnung an und sagt Hallo zu Mrs. Carrera."

„Wurde auch langsam Zeit", grummelte das Mädchen, schwang seine langen Beine vom Beifahrersitz und knallte mit einem Hüftschwung die Tür zu. Madison war großgewachsen, wie ihr Vater, hatte dunkles Haar und die schlanke Figur ihrer Mutter. Ihre Augen waren so dick geschminkt, dass sogar Alice Cooper eifersüchtig geworden wäre.

Dann ging die hintere Tür auf und ein Junge sprang heraus. Er schien fast nur aus Beinen und Armen zu bestehen. Die Hälfte seines Gesichts wurde von einem hellbraunen Haarschopf verdeckt. Er trug Basketballshorts, ein übergroßes Tank-Top und Sneakers, die nicht zugeschnürt waren. Er schlurfte auf mich zu. Während Madison kaum von ihrem Handy aufsah, blickte Henry mir direkt in die Augen und grinste.

„Alles klar?"

Meine Mundwinkel zuckten. „Klar wie Kloßbrühe", sagte ich scherzend.

Madison rollte mit den Augen. Mein Kommentar hatte sie dazu gebracht, vom Handy aufzusehen, und ich konnte endlich ihre Augen sehen. Sie waren haselnussbraun, wie die ihres Vaters.

„Henry, Madison, das ist Mrs. Carrera. Ich möchte, dass ihr euch vorbildlich benehmt, wenn ihr bei ihr im Haus seid. Verstanden?"

Madison ignorierte sie. Henry hob die Hand und streckte seiner Mutter ein Peace-Zeichen entgegen.

„Ich habe Plätzchen gebacken. Sie stehen im Wohnzimmer. Und wenn ihr keinen Kaffee mögt, steht Saft und Milch im Kühlschrank. Und Limonade. Ich habe viel Limonade eingekauft."

Das ließen sie sich nicht zweimal sagen. Henry sprintete los und kollidierte fast mit seinem Vater, der neben der Haustür stand.

„Hey!" Richter Beck strahlte, fing den Jungen ab und schloss ihn in die Arme. Beide Kinder riefen einstimmig „Papa! Papa!" und es war schön zu beobachten, wie Madison ihr mürrisches Teenager-Gehabe ablegte und die Arme um ihren Vater schlang. Einen Moment lang standen sie einfach nur da und umarmten sich. Ich lächelte und mir wurde warm ums Herz. Dann drehte ich mich zu Heather um.

Die Frau stand regungslos da und sah traurig aus. Sie holte tief Luft und als sie wieder ausatmete, veränderte sich ihr Gesichtsausdruck zu hartnäckiger Entschlossenheit. „Ich hole sie um fünf ab", sagte sie. „Bitte sorg dafür, dass sie bereit sind."

Richter Beck sah auf und brach den Zauber der glücklichen Familie. Henry rannte ins Haus, um nach den Plätzchen Ausschau zu halten, und Madison schob ihr Handy in die Gesäßtasche ihrer Röhrenjeans.

Der Gesichtsausdruck des Richters wurde genauso hart wie der seiner Frau. „Werde ich machen", erwiderte er kühl, drehte ihr den Rücken zu und schnappte sich eine weitere Kiste von der Veranda.

Es war mir unangenehm, dass ich die Feindseligkeit und Härte zwischen ihnen mitbekam. Es war, als hätte mich jemand dabei erwischt, wie ich in ihrem rohen, privaten Schmerz herumschnüffelte. Heather sah genauso fehl am

Platz aus, wie ich mich fühlte. Sie fummelte an ihren Schlüsseln herum und öffnete den Mund, als wollte sie etwas sagen. Dann schloss sie ihn wieder und schüttelte den Kopf.

„Danke, Mrs. Carrera. Die Tour hat mir gefallen. Ihr Haus ist wunderschön.“

„Kay. Bitte nennen Sie mich Kay“. Ich wollte nicht, dass sie mein Haus mit einem Gefühl der Anspannung verließ.

Sie lächelte mich an und ging zu ihrem Escalade. Es war ein zittriges Lächeln, das mich fast zu Tränen rührte. „Danke, Kay. Bitte nennen Sie mich Heather.“

Ich beobachtete, wie sie davonfuhr. Die Kinder waren im Haus und hatten Taco entdeckt. Richter Beck quetschte sich mit einer weiteren Kiste in den Händen durch die Tür und erinnerte die beiden daran, sich bei mir für die Plätzchen zu bedanken. Es veränderte sich alles viel schneller, als ich verarbeiten konnte. Eli war weg und an seiner Stelle waren ein zwanzig Jahre jüngerer Richter, seine beiden Teenager und meine neue Hauskatze eingezogen.

Ich spürte, wie etwas Flauschiges um meine Beine strich und schnurrte. Ich bückte mich und hob Taco hoch. Sein Fell war weich und warm und er schmiegte sich genüsslich an mich, als ich ihn streichelte. Die stürmischen Zeiten in meinem Leben schienen sich endlich gelegt zu haben. Das war jetzt meine neue Normalität. Ein Haus voller Leute. Ein Job gegenüber dem Gerichtsgebäude. Und dieser kleine pelzige Kerl, den ich für nichts auf der Welt eintauschen würde.

„Komm, Taco. Lass uns mal nachsehen, ob noch ein paar Plätzchen für uns übrig sind.“

**6**

Taco flitzte aus dem Haus und gab den Kindern noch einmal die Gelegenheit, ihn in voller Pracht zu bewundern, während ich mich bückte und die Zeitung aus dem Blumenbeet fischte. Ich kannte meinen Zeitungsboten nicht. Im Gegensatz zu den alten Sitcoms, in denen Kinder auf Fahrrädern Zeitungen auslieferten, wurden meine täglichen Nachrichten früh morgens von einer schattenhaften Gestalt aus einem dunklen Auto geworfen. Es war wie ein Drive-By-Shooting aus einem Gangsterfilm der 40er Jahre, mit dem Unterschied, dass ich keine Einschusslöcher sondern zerdrückte Blumen hatte. Ich hatte schon oft überlegt, ob ich anrufen und mich beschweren sollte, aber ich befürchtete, dass der Zeitungsbote als Vergeltungsmaßnahme mit Zement gefüllte Schuhe oder so etwas Ähnliches in meinen Garten werfen würde.

Auf der Titelseite ging es natürlich um die Verhaftung der Bordellwirtin. Ich blinzelte überrascht, als ich das Bild sah, das den Artikel begleitete. Ich kannte Caryn Swanson nicht persönlich. Ich hatte ihre Dienste als Hochzeitsplanerin nie in Anspruch genommen und in den letzten zehn

Jahren keine protzigen Partys besucht - geschweige denn veranstaltet -, die eine Event-Beraterin erfordert hätten. Sie sah ganz anders aus, als ich sie mir vorgestellt hatte. Wenn ich an eine Frau dachte, die ein Bordell führte – selbst wenn es sich nur um ein Hotel handelte, in dem Freier ein und aus gingen –, dachte ich an eine ältere ehemalige Prostituierte, die Kettenraucherin war und Kleider trug, für die sie viel zu alt war. Caryn Swanson war jung – höchstens Mitte zwanzig. Und sie war sehr hübsch. Ich betrachtete das Bild und fragte mich, ob es erst kürzlich oder schon vor zwanzig Jahre aufgenommen worden war. Wenn Caryn Swanson tatsächlich so gut aussah, hatte sie vielleicht sogar selbst Kunden empfangen und gutes Geld verdient. Obwohl es gut möglich war, dass sie das nicht getan und stattdessen einfach eine Kommission verlangt und ihren eigenen Körper aus dem Spiel gehalten hatte.

Ich stand vor der Tür und las den Artikel. Es war immer noch kein schwarzes Buch zum Vorschein gekommen, obwohl wilde Gerüchte darüber zirkulierten, welche Namen wohl darin standen. Wie Daisy gesagt hatte, weigerte sich Caryn immer noch, die Namen der Prostituierten preiszugeben, die für sie gearbeitet hatten. In der Pressemitteilung des Anwalts hieß es, sie sei völlig unschuldig und es handle sich um ein schreckliches Missverständnis eines übereifrigen Beamten.

Ein paar „anonyme Quellen" behaupteten, Caryn Swanson hätte ihr dubioses Geschäft über Online-Anzeigen geführt, die Kunden ausgewählt und Zeit und Ort für die Treffen mit ihnen vereinbart. Sie hätte eine Liste mit „Anbieterinnen" geführt, deren Dienstleistungen sie den Bedürfnissen und Vorlieben der Kunden entsprechend zugeteilt hatte. Der Reporter mutmaßte, dass zu ihren Kunden auch Leute gehörten, die extrem perverse Dinge verlangten, und sie deshalb weder die Namen ihrer Kunden noch die ihrer Anbieterinnen preisgeben wollte.

Oder vielleicht war sie unschuldig. Vielleicht hatte sie dem verdeckten Ermittler einen Dreier mit einer Freundin angeboten und er hatte sie missverstanden. Vielleicht waren die Leute in Locust Point so scharf auf pikanten Tratsch, dass „anonyme Quellen" bizarre Geschichten fabrizierten.

Sollte ich mich schlecht fühlen, weil ich eine der Einheimischen war, die solchen Tratsch begierig verschlangen? Prostituierte in Locust Point und im benachbarten Milford. Perverse Dinge. Mysteriöse Kunden. Welche Namen standen wohl in dem schwarzen Buch, falls es jemals gefunden wurde? Die Journalistin / Ermittlerin in mir war fasziniert.

Ich faltete die Zeitung zusammen, klemmte sie unter den Arm und ging ins Haus. Ich würde später selbst ein paar Nachforschungen betreiben. Der Flur war leer. Auf dem Plätzchenteller lagen nur noch ein paar Krümel, die Taco eifrig aufleckte. Ich scheuchte ihn vom Tisch und trug den Teller in die Küche. Ich kam mir allmählich wie eine Fremde in meinem eigenen Haus vor. Ich hörte Schritte und gedämpfte Stimmen im oberen Stock und nahm mir vor, nicht aufdringlich zu sein. Ich war zwar neugierig – ich fragte mich, was Richter Beck außer Kleidung und Toilettenartikeln sonst noch alles in sein Zimmer trug. Und ich wollte wissen, was die Kinder von ihren Zimmern, meinem Haus, den Keksen ... und von mir hielten. Aber sie waren meine Mitbewohner, keine Familienangehörigen, die zu Besuch kamen. Ich durfte nicht in ihre Privatsphäre eindringen. Sie mussten unter sich sein. Ich durfte mich nicht in ihre Familienangelegenheiten einmischen. Ich schaltete Hintergrundmusik ein, um die Geräusche auszublenden, suchte ein paar Plätzchenrezepte heraus und widmete mich wieder meiner Strickarbeit.

Wer behauptete, Stricken sei meditativ, hatte wahrscheinlich noch nie Stricknadeln in den Händen gehalten. Die riesigen Metallstäbe fühlten sich komisch an. Die Maschen rutschten mir immer wieder von den Nadeln und hinterließen eine Spur, die senkrecht über den Topflappen verlief. Ich wusste immer noch nicht, wie man Linksmaschen strickte. Die Worte, die ich frustriert vor mich hin flüsterte, wurden zu einer Art Mantra, das ich wiederholte, während ich mich abmühte. Um die Mittagszeit herum beendete ich die letzte Reihe und begutachtete mein Werk.

Es war kein Pullover. Es war keine Babymütze. Es war ein simpler Topflappen. Es hätte ein einfaches Übungsstück für ein Hobby sein sollen, das sich hoffentlich als lohnend und interessant erweisen würde. Stattdessen lag ein trapezförmiges Gewirr auf meinem Schoss, das aus ungleichen Reihen und unterschiedlich großen Maschen bestand. Am Anfang und am Ende des Lappens hingen lange Fäden. Ich wusste nicht, was ich mit ihnen tun sollte. Ich nahm an, dass es keine gute Idee war, sie abzuschneiden. Die Knoten würden sich wahrscheinlich lösen und ich würde riskieren, dass das ganze verdammte Ding auseinanderfiel, wenn ich es benutzte. Ich wollte verhindern, dass ich am Schluss nur noch ein langes Stück Garn in den Fingern hielt, nachdem ich so fleißig daran gearbeitet hatte.

Schließlich beschloss ich, am Anfang und am Ende sechs weitere Knoten anzubringen und sie mit Klebstoff zu versiegeln, damit sie an Ort und Stelle blieben. Ich war ziemlich stolz auf mich, trug den Topflappen in die Küche und hängte ihn über der Spüle an einen Haken. Dann bereitete ich das Mittagessen zu.

Das bedeutete, einen Behälter mit gekauftem Hähnchensalat zu öffnen und ihn in eine hübsche Schüssel zu geben. Das gleiche Verfahren wandte ich beim Makkaronisalat und bei den Pommes an. Da mich plötzlich die Gastgeberlaune überkam, legte ich die Kartoffelbrötchen in einen mit Stoff ausgekleideten Korb und füllte Würzsaucen in kleine Glasschalen. Ich legte alles auf dem Esstisch aus und vergewisserte mich, dass Taco draußen war und keinen heimlichen Angriff auf das Essen plante, sobald ich mich umdrehte. Dann rief ich in den Flur hinaus, dass das Mittagessen bereit sei.

Das Elefantengetrampel auf der Treppe ließ darauf schließen, dass die Kinder nie zu spät zum Essen kommen würden, aber als Richter Beck erschien und mich überrascht ansah, stellte ich die ganze Sache in Frage. War es zu viel? Hätte ich einfach sagen sollen, es sei Aufschnitt im Kühlschrank und ich würde später wiederkommen? Ich wollte ihre Einzugs- und Familienzeit nicht stören, aber der Richter hatte eindeutig keine Zeit gehabt, Lebensmittel einzukaufen.

„Ich habe angenommen, dass Sie nicht in einem Restaurant zu Mittag essen wollten." Ich deutete auf den Esstisch. „Ich bin gestern Abend zum Laden gefahren und habe ein paar Lebensmittel eingekauft. Ich dachte, Sie und die Kinder sind sicher hungrig."

„Nein. Ich meine … irgendwann hätte ich uns etwas zu Essen geholt." Er zögerte einen Moment und holte tief Luft. „Ich weiß das alles zu schätzen, wirklich. Ich möchte nur nicht, dass Sie denken, Sie müssten uns verköstigen."

Ich wusste, was er damit meinte. Als Mitbewohner erwartete er nicht, dass das Essen inbegriffen war. Ich war erleichtert, obwohl mir mein riesiger Mittagsschmaus mittlerweile ein bisschen peinlich vorkam. Teenager aßen viel, daran erinnerte ich mich, und wenn das Tempo, in dem sie den Hähnchensalat verschlangen, ein Hinweis auf ihr generelles Essverhalten war, würde die Miete ohnehin nicht für die Hypothek und die Lebensmittel reichen. Aber was sollte ich mit dem zusätzlichen Hähnchen tun, das ich für das Abendessen eingekauft hatte? Einfrieren? Oder braten und beim nächsten Mal echten hausgemachten Hähnchensalat servieren?

Nein, es würde kein nächstes Mal geben. Es würde im Gefrierschrank landen.

„Nur dieses eine Mal." Ich lächelte ihn an. „Sie sind eben erst eingezogen und hatten keine Zeit, Lebensmittel einzukaufen. Sie verbringen den Nachmittag bestimmt lieber damit, Sachen für die Kinderzimmer zu kaufen, anstatt etwas zu essen zu besorgen."

„Stimmt, vielen Dank." Seine Schultern entspannten sich und es huschte sogar ein Lächeln über sein Gesicht.

Es war gerade noch genug Hähnchensalat übrig, um mir ein Sandwich damit zuzubereiten. Nach dem Essen halfen mir die Kinder auf Anweisung ihres Vaters beim Aufräumen, dann drängten sich alle drei zur Tür hinaus. Ein paar Stunden später kamen sie mit riesigen Einkaufstüten voller dekorativer Kissen, Bettüberwürfen und Postern wieder zurück. Richter Beck begann, Tüten mit Lebensmitteln in die Küche zu tragen, und der Rest des Nachmittags verlief ziemlich entspannt. Die Kinder rannten die Treppe hoch und runter und der Richter versuchte, im Kühlschrank Platz für seine Lebensmittel zu finden.

Um fünf erschien Heather, um die Kinder abzuholen. Sie zerrten sie sofort ins Obergeschoss und zeigten ihr ihre Zimmer. Die Anspannung kehrte in dem Moment zurück, als ihr Auto in der Auffahrt erschien. Richter Beck folgte ihnen von Zimmer zu Zimmer, als hätte er Angst, Heather würde das Silberbesteck stehlen. Sie sah ihn kein einziges Mal an und sie sprachen nicht miteinander.

„Ich bringe sie am Freitag nach der Schule vorbei", sagte Heather zur Wand neben Richter Becks Kopf, sobald die Kinder aus dem Haus gerannt waren und in den Escalade kletterten. Mir fiel auf, dass Madison wieder stirnrunzelnd auf ihr Handy blickte.

Richter Beck funkelte seine Frau an. „Diese Woche von Montagabend bis Donnerstagmorgen. Wir hatten vereinbart–"

„Sie haben Schule", sagte Heather zur Wand. „Wenn du sie morgens um sieben bei mir ablieferst und abends um sechs wieder abholst, können sie an diesen Tagen genauso gut bei mir bleiben."

„Ich hole sie ab und bringe sie zur Schule." Richter Becks Stimme klang beinahe so kalt wie Trockeneis. „Es ergibt keinen Sinn, sie bei dir abzuholen und wieder bei dir abzuliefern. Diese Woche bleiben sie an diesen Tagen bei mir."

Heather presste die Lippen zu einer dünnen Linie zusammen. „Du musst um acht beim Gericht sein und deine Gerichtsfälle dauern bis um fünf. Wie willst du–"

„Lass das meine Sorge sein", zischte er. „Ich werde mein Arbeitspensum an ihren Stundenplan anpassen, wenn sie bei mir sind."

„Toll, dass das jetzt plötzlich möglich ist. Wäre schön gewesen, wenn du so flexibel gewesen wärst, als wir noch zusammen waren."

Ich hielt die Luft an. Ja, ich belauschte sie. Es schien keinen von beiden zu kümmern, dass jemand zuhörte.

Richter Beck knirschte mit den Zähnen, dann bekam er wieder diesen maskenhaften Gesichtsausdruck. „Ich habe sie im letzten Monat kaum gesehen, nur ein paar Stunden hier und da. Du hast dieser Regelung zugestimmt. Ich hole die Kinder am Montagnachmittag von der Schule ab und sie bleiben bis am Donnerstagmorgen bei mir, wenn ich sie zur Schule bringe. Ende der Diskussion."

Heather verzog den Mund. Sie sah ihren Mann immer noch nicht an, machte auf dem Absatz kehrt und marschierte davon, ohne ein weiteres Wort zu sagen. Ich beobachtete, wie sie die Auffahrt hinunterstapfte und machte mir Sorgen um ihre hübschen Sandalen. Madison blickte auf, als ihre Mutter das Auto erreichte. Sie runzelte immer noch die Stirn, sah wieder auf ihr Handy und zog mit der freien Hand die Beifahrertür zu. Dann wurde die Fahrertür zugeschlagen und der Wagen brauste mit quietschenden Reifen davon.

Als ich mich umdrehte, war Richter Beck verschwunden.

ICH HATTE mich noch nie so unbehaglich in meinem eigenen Haus gefühlt. Ich schob das Hähnchen in den Ofen und hoffte, dass der Duft meinen neuen Mitbewohner dazu verleiten würde, nach unten zu kommen. Dann schlenderte ich im Erdgeschoss umher, las meine Zeitung und versuchte mich noch einmal in der Kunst gestrickter Topflappen. Ich hoffte wirklich, dass ich eines Tages in der Lage sein würde, die Babymützen zu stricken, von denen ich Heather erzählt hatte. Bei meinem Tempo würde das allerdings noch eine ganze Weile dauern. Nach einer Stunde warf ich frustriert ein weiteres unförmiges Rechteck beiseite und ging mit einem Glas Eistee in der Hand in den Garten hinaus, um dem Vogelgesang zum Sonnenuntergang zu lauschen und den kühlen Frühlingsabend zu genießen.

In diesem Moment wurde mir bewusst, wie verwahrlost mein Garten aussah. Ich erinnerte mich an die Partys, die wir mit unseren Freunden zusammen veranstaltet hatten. Und daran, wie Eli mit einer Zange in der einen und einem Bier in der anderen Hand vor dem Grill gestanden hatte. Er hatte immer darüber gescherzt, dass sein chirurgisches Talent ihm die bemerkenswerte Fähigkeit verlieh, Hamburger und Hot Dogs zu grillen. Carson hatte ihn geneckt und gesagt, er hätte die Kuh schlachten anstatt grillen sollen. Wir hatten Juleps mit frischer Minze aus meinem Garten getrunken, während Kylie Minogue aus den Lautsprechern trällerte.

Der Grill war verrostet, er war schon seit Jahren nicht mehr benutzt worden. Mein Kräutergarten war voller Unkraut und die Farbe des Pavillons blätterte ab. Ich stellte mein Glas auf die Verandatreppe, kniete mich auf den feuchten Boden und begann, Grashalme und Löwenzahn auszureißen, während die Sonne langsam am Horizont verschwand. Als ich wieder aufstand, um ins Haus zu gehen, hatte sich mein Kräutergarten in ein kahles Beet verwandelt, aus dem ein paar traurige dürre Gewächse hervorragten. Basilikum, Oregano und Dill würde ich neu anpflanzen müssen, aber die Minze und der Lavendel hatten trotz des Unkrauts überlebt. Zähe Pflanzen, die die mageren Jahre überstanden hatten. Irgendwie wie ich. Vielleicht würde ich nach ein bisschen Jäten und Zurechtstutzen auch wieder zu neuem Leben erwachen.

Taco schlich mir um die Beine und begann, die grünen Schätze zu erkunden, die ich freigelegt hatte. Er wälzte sich im Unkraut, kaute an einem Stängel Minze herum und sah mich mit seinen hellgrünen Augen an. Ich hob ihn hoch, drückte das Gesicht an sein warmes, weiches Fell und spürte, wie er schnurrte, während ich ihn knuddelte.

*O nein, das Hähnchen.* Ich ließ Taco, der mich empört anstarrte, auf den Boden fallen, rannte in die Küche und riss die Ofentür auf. Es war nicht allzu schlimm. Ein bisschen trocken, aber so sahen meine Hähnchen immer aus. Ich versuchte vergeblich, Taco mit frischem Katzenfutter abzulenken, und begann, mein Abendessen zuzubereiten.

Ich aß alleine. War der Richter überhaupt nach unten gekommen, um sich einen Snack zu holen, oder war er den ganzen Abend in seinem Zimmer geblieben? Ich wusste nicht, was ich von seiner Abwesenheit halten sollte. Einerseits genoss ich es, das Haus noch einmal für mich alleine zu haben. Andererseits wusste ich, dass er im Obergeschoss war und kam mir wie die schlechteste Gastgeberin aller Zeiten vor. Anscheinend traute sich mein Mitbewohner nicht, nach unten zu kommen, selbst jetzt, wo der verlockende Duft von leicht verbranntem Hähnchen durch das Haus zog.

Später an diesem Abend, nachdem ich das Geschirr in die Spülmaschine geräumt hatte und die Bratpfanne zum Trocknen neben die Spüle gelegt hatte, ging ich in den Keller. Die Glühbirne, die über der oberen Treppe hing, war durchgebrannt und ich musste die ersten paar Stufen im Dunklen hinuntergehen. Als ich auf dem Treppenabsatz ankam, knipste ich die zweite Glühbirne an, die den Rest der Treppe beleuchtete. Hier unten war es kühl im Vergleich zum Erdgeschoss, in dem laue Frühlingsluft durch die Fenster strömte. Ich ging weiter und kam an einer Stelle vorbei, an der es kälter als in einem Gefrierschrank war. Komisch. Ich musste die Lüftungsschlitze überprüfen und sicherstellen, dass sie ganz geöffnet waren. Ein weiterer Punkt für meine To-Do-Liste, die immer länger wurde.

Als ich auf der untersten Stufe ankam, betätigte ich den Lichtschalter und sah mich im Raum um. Ich war immer gerne hier unten gewesen. Als wir das Haus gekauft hatten, hatte Eli mich damit aufgezogen, wie viel Zeit ich dafür verwendete, den Keller in einen modernen Aufenthaltsraum umzugestalten. Er hatte mich *Bat Woman* genannt, was vermutlich an der feuchten Kälte und dem muffigen Geruch gelegen hatte. Es hatten tatsächlich nur noch pelzige geflügelte Kreaturen gefehlt, die von der Decke hingen.

Ich wischte etwas Staub vom Rand des Billardtisches und runzelte die Stirn. Ich war von mir selbst angewidert, weil ich diesen Teil des Hauses so lange vernachlässigt hatte. Selbst nach jahrelanger Physiotherapie, die seine eingeschränkte Mobilität wiederhergestellt hatte, war Eli immer noch nicht in der Lage gewesen, Treppen zu steigen. Er hatte die letzten zehn Jahre seines Lebens hauptsächlich im Erdgeschoss verbracht. Ab und zu hatte er es bis in den Garten geschafft, wenn mir jemand half, ihn in den Rollstuhl zu heben und durch die schmalen Türen zu schieben. Es hatte sich nicht richtig angefühlt, ohne ihn hier unten zu sein. Als hätte ich ihn im Erdgeschoss zurückgelassen.

Das goldene Licht der Schienenbeleuchtung fiel auf den weichen, weinroten Teppich und die karamellfarbenen Ledersofas. Ich erinnerte mich daran, wie Eli und ich aneinander gekuschelt unter der Wolldecke gelegen hatten, die seine Mutter gehäkelt hatte, und uns einen Film angesehen hatten. Wir hatten spezielle Heizkörper installiert, als wir den Weinkeller und den Humidor eingerichtet hatten. Ich schaltete sie ein und drehte die Temperatur hoch. Taco stürmte die Treppe herunter, sprang auf die Lehne eines Sofas und sah sich um, als hätte er etwas Verdächtiges entdeckt.

„Na, bist du meine Wachkatze?", neckte ich ihn. „Oder möchtest du vielleicht den Film aussuchen?"

Der getigerte Kater gab einen kreischenden Laut von sich und bewegte aufgeregt den Schwanz hin und her. Er starrte auf den Rand des Sofas.

„O nein, tu das nicht." Ich schob die Wolldecke zur Seite, um sie vor den Krallen des Katers zu bewahren und kniete mich vor die DVDs, die in einem Regal unter dem Fernseher standen, der an der Wand hing. „Ein Actionfilm? Eine Liebesgeschichte? Oder eine Komödie?"

Taco sprang mit einem dumpfen Geräusch auf den Boden, schlenderte schnurrend auf mich zu und schmiegte sich an meinen Arm. „Dann also eine Komödie", verkündete ich, stand auf und schob *Frankenstein Junior* in den DVD-Player. Ich holte eine Flasche Wein aus dem beinahe leeren Weinkeller, wischte mit dem Saum meines T-Shirts den Staub von einem Glas und öffnete die Flasche. Eli hätte wegen des staubigen Glases einen Anfall bekommen. Und trotz meiner Einwände eine Zigarre geraucht. Die Zigarren hatten mir eigentlich nichts ausgemacht. Es war eine Art Ritual gewesen – ich verstand nichts von Wein und guten Zigarren und er hatte einen fürchterlichen Geschmack gehabt, was Filme anging. Außerdem hatte er eine Pfingstrose nicht von einer Petunie unterscheiden können. Wir hatten uns gegenseitig geneckt, uns unter der Wolldecke aneinander gekuschelt, Wein getrunken und uns Filme angesehen, die ich ausgewählt hatte. Seine Hände waren oft auf Wanderschaft gegangen. An manchen Abenden war unter dieser Wolldecke viel mehr als nur Kuscheln passiert. Ich hatte mich immer gefragt, ob seine Mutter es uns übelgenommen hätte, wenn sie gewusst hätte, für welche Zwecke wir das Weihnachtsgeschenk verwendeten, an dem sie monatelang gearbeitet hatte.

Sie wäre vermutlich nicht damit einverstanden gewesen. Meine Schwiegermutter hatte immer gesagt, unsere Hochzeit sei einer der glücklichsten Tage ihres Lebens gewesen. Eli war ihr einziges Kind gewesen und ich war zu einer Art Tochter für sie geworden. Sie war ein paar Jahre vor Elis Unfall gestorben und ich war dankbar dafür, dass sie nicht mehr mitbekommen hatte, was aus Eli geworden war. Als er im Krankenhaus gelegen hatte, hatte ich befürchtet, dass er sterben würde und später hatte ich festgestellt, dass ich mit einem Mann verheiratet war, der ganz anders war als der, mit dem ich vor den Altar getreten war.

Aber jetzt war Eli weg. Er hatte sich in Gottes Armen mit seinen und meinen Eltern wiedervereinigt. Heute Abend lag ich alleine unter der Wolldecke. Mir stiegen Tränen in die Augen und Gene Wilder und Madeline Kahn verschwammen auf dem Bildschirm. Er hatte mich alleine gelassen. Was sollte ich bloß ohne ihn mit meinem Leben anfangen?

*Eli, wie konntest du mich einfach so im Stich lassen? Wir hatten einander doch versprochen, dass wir in guten wie in schlechten Zeiten füreinander da sein würden. Ich habe mich an meinen Teil der Abmachung gehalten und du bist einfach gegangen. Ich brauche dich. Ich weiß nicht, ob ich es alleine schaffe.*

In diesem Moment sprang Taco auf meinen Schoss - dieses warme, liebevolle Fellknäuel. Die Glaskörperflocken kehrten wieder zurück und es war, als hätte sich ein Schatten neben mich auf das Sofa gesetzt. Meine Trauer ließ etwas nach, als ich den Kater streichelte und mich daran erinnerte, dass sich nur zwei Stockwerke über mir eine andere Person befand. Vielleicht war ich nicht so alleine, wie ich dachte.

## 7

Ich war schon vor Sonnenaufgang wach, als der Himmel im Osten noch grau und leicht rosafarben war. Ich war schon immer eine Frühaufsteherin gewesen und als Daisy das gemerkt hatte, hatte sie angefangen, Yoga-Matten auf meine Veranda zu schleppen und mich dazu gezwungen, meinen Körper zu verrenken, bis die Sonne am Horizont erschien.

Obwohl ich mich die ganze Nacht hin und her gewälzt hatte, war ich schon angezogen und hatte genug Zeit, um die Kaffeemaschine einzuschalten und ein paar Heidelbeerplätzchen in ein Körbchen zu legen, das ich mit einem Küchentuch ausgelegt hatte. Taco miaute und verlangte nach Futter, bevor ich dazu kam, das Kaffeepulver in die Filtertüte zu geben. An unserem ersten gemeinsamen Tag hatte er sich gewundert, warum ich so früh aufgestanden war, aber Katzen lernten schnell und es hatte nicht lange gedauert, bis er verstanden hatte, dass er bei mir schon vor Sonnenaufgang sein Frühstück bekam.

„Ich beeile mich ja", maulte ich, schob den Filter in die Kaffeemaschine und holte das Katzenfutter aus dem

Schrank. Während ich mich mit dem Beutel abmühte, schob Taco seinen Napf vor mich hin und versuchte, mich in Katzensprache davon zu überzeugen, dass er kurz vor dem Hungertod stand. In Wirklichkeit hatte er ziemlich viel zugenommen, seit ich ihn aus dem Tierheim geholt hatte. Ich wusste nicht genau, wann eine Katze zu fett war. Ich fragte mich, ob ich Taco auf Diät setzen sollte. Würde er mich für immer hassen, wenn ich ein bisschen weniger Futter in seinen Napf gab?

Zu beobachten, wie er gierig sein Futter verschlang, tat mehr für mein Wohlbefinden als eine Stunde Yoga zu Sonnenaufgang. Auf dem Beutel stand „Happy Cat". Eigentlich hätte es „Happy Katzenbesitzer" heißen sollen.

Pünktlich um fünf tauchte Daisy auf. Mittlerweile leckte Taco die letzten Krümel aus seinem Napf. Ich ließ 1930er-Jazz laufen und schaltete die Außenlautsprecher ein, obwohl ich wusste, dass meine Nachbarn und mein neuer Mitbewohner wahrscheinlich noch schliefen. Dann gesellten Taco und ich uns zu meiner Freundin in den Garten. Ich würde den Tag mit Vinyasas begrüßen, während der Kater auf Insektenjagd ging.

Daisy machte ein paar Dehnungsübungen, breitete ihre Matte aus und beäugte misstrauisch das Haus. „Bitte sag, dass diese Kinder nicht hier übernachtet haben."

Ich verdrehte die Augen. „Nein. Auch wenn sie hier geschlafen hätten, ich bezweifle, dass sie so früh schon wach wären."

„Gut." Sie nahm die Bergpose ein. „Ich kann nämlich keine Teenager gebrauchen, die auf meinen schlaffen Altweiberhintern starren."

Interessanterweise schien es sie nicht zu kümmern, dass Richter Beck ihren schlaffen Altweiberhintern sehen könnte. Dieser Gedanke veranlasste mich dazu, einen Blick auf die Fenster zu werfen und im Spiegelbild meinen eigenen Hintern zu begutachten. War er *tatsächlich* schlaff? Sollte ich Kniebeugen machen? War es in meinem Alter überhaupt die Mühe wert? Ehrlich gesagt sah mein ganzer Körper irgendwie schlaff aus, aber die gewellten Bleiglasfenster ließen meine Figur wahrscheinlich schlimmer aussehen, als sie tatsächlich war.

Ich verleugnete, welche Wirkung das Alter auf meinen Körper hatte, schloss die Augen und holte tief Luft. Wir gingen eine Pose nach der anderen durch und als wir schließlich unsere Matten aufrollten, fühlte ich mich besser. Ich konnte zwar immer noch kaum meine Zehen berühren, aber irgendwie beruhigten die rhythmischen Atemübungen und die langsamen Bewegungen meinen unruhigen Geist.

„Heute gibt's Heidelbeerplätzchen", sagte ich zu Daisy, während wir in die Küche gingen. Das war unser Morgenritual. Yoga, eine Tasse Kaffee und etwas Frühstücksgebäck aus dem Laden. Dann begannen Daisy und ich den Tag. Am Anfang hatten wir nur sonntags Yoga-Übungen gemacht. Ein Grund, aus dem Haus zu kommen und mir eine wohlverdiente Pause zu gönnen. Mein Leben hatte sich irgendwann nur noch um Haushaltspflichten und Krankenpflege gedreht. Andere Freunde hatten sich von mir abgewandt, aber nicht Daisy. Sogar Jahre nach Elis Unfall hatte sie immer noch frische Tomaten, Aufläufe und die wöchentliche Flasche Wein vorbeigebracht. Ich konnte nicht in Worte fassen, wie dankbar ich meiner besten Freundin und Nachbarin war. Dass ich während der letzten zehn Jahre nicht völlig durchgedreht war, hatte ich Daisy zu verdanken. Sie hatte dafür gesorgt, dass ich meine Individualität und meine Seele nicht ganz in der endlosen Plackerei verloren hatte. Die Verantwortung, die Pflicht und die Schuldgefühle hatten mich fast erdrückt.

Schuldgefühle. Als der Mann, den ich liebte, nicht mehr derselbe gewesen war. Als der erfahrene Chirurg nicht mehr in der Lage gewesen war, sein Butterbrot zu schmieren. Als mich das Selbstmitleid überkam und ich mich gefragt hatte, wie mein Leben wohl geworden wäre, wenn er im Krankenhaus gestorben wäre. In diesen Momenten hatten mich die Schuldgefühle beinahe überwältigt. Ich hatte mich wie ein Wasserballon gefühlt, der kurz vor dem Bersten war. Daisy hatte mich davor bewahrt, mich selbst zu verlieren. Ich wusste nicht, ob ihr bewusst war, dass sie meine Rettung gewesen war. Mit ihren Yogaübungen, Kristallen, Segenstüten und allem Drum und Dran.

Selbst jetzt. Seit Eli gestorben war, kam sie fast jeden Morgen vorbei und unser Sonntags-Yoga fand nun beinahe täglich statt. Es war erstaunlich, wie schnell es zur Routine geworden war und wie sehr ich die stillen Momente genoss, die wir zusammen verbrachten. Es war großartig, auf diese Weise den Tag zu beginnen. Das Gefühl der Zusammengehörigkeit und die Gelassenheit, die ich empfand, begleiteten mich den ganzen Tag. Meiner besten Freundin ging es genauso.

Heute hielt die Gelassenheit an, bis ich die Küche betrat. Richter Beck stand in einer karierten Flanell-Pyjamahose und einem frischen T-Shirt vor der Kaffeemaschine. Es war offensichtlich, dass er das T-Shirt im letzten Moment angezogen hatte und in seiner eigenen Wohnung wahrscheinlich halbnackt vor der Kaffeemaschine gestanden hätte.

Dieser Gedanke ließ mich so abrupt innehalten, dass Daisy mich rammte. „Hey!"

Richter Beck drehte sich um und zupfte verlegen an seinem T-Shirt herum. Er hatte wieder diesen unnahbaren, distanzierten Gesichtsausdruck. „Könnte ich eine Tasse Kaffee bekommen?"

Meine Morgenroutine mit Daisy wurde gerade um eine Person erweitert. „Natürlich. Es sind auch Heidelbeerplätzchen da." Ich nahm ein paar Tassen aus dem Schrank.

Richter Beck füllte seine Tasse mit der schwarzen Brühe und machte sich daran, die Küche zu verlassen, beäugte jedoch die Heidelbeerplätzchen.

„Leisten Sie uns doch Gesellschaft", sagte ich. „*So* verschwitzt sind wir nun auch wieder nicht."

„Du sprichst besser nur für dich", murmelte Daisy und wischte sich mit einem feuchten Papiertuch übers Gesicht. „Werden diese Hitzewallungen jemals aufhören? Ich bin fünfundfünfzig, verdammt. Sie sollten schon lange vorbei sein."

„Shirley hatte Hitzewallungen, bis sie zweiundsechzig war, die Ärmste. Halte durch, meine Liebe." Ich legte ein Heidelbeerplätzchen auf einen Teller und reichte ihn Richter Beck. Mir fiel sein entsetzter Gesichtsausdruck auf, unser Gesprächsthema schien ihn nicht besonders zu begeistern. Pech gehabt. Wenn er hier wohnte, würde er sich gelegentlich Klagen über die Wechseljahre anhören müssen.

Daisy schnaubte und goss eine riesige Menge Sahne in ihren Kaffee. „Ich hoffe, dass bald alles vorbei ist. Ich habe meine Altweiber-Zeremonie schon vor zehn Jahren geplant. Du musst mir helfen, die Tampon-Puppe zu verbrennen, die ich gebastelt habe, Kay. Ich flehe jeden Monat die Periodengöttin an, mich endlich in Ruhe zu lassen, aber sie scheint andere Pläne zu haben."

Richter Beck schielte zur Tür und schien sich zu fragen, wie er am besten an Daisy vorbeischleichen und entkommen konnte. Nachdem ich den ganzen Abend auf Zehenspitzen herumgeschlichen war und mich gefragt hatte, ob er zum Abendessen erscheinen oder sich mit mir unterhalten würde, hatte ich nicht vor, ihn zu schonen. Vielleicht lag es an den Yogaübungen, vielleicht auch daran, dass meine erste Tasse Kaffee noch unberührt vor mir stand. Das war mein Haus, mein Leben. Er hatte sich bestimmt an gewisse monatliche Ereignisse gewöhnt, schließlich hatte er eine Frau und eine Tochter. Und jetzt würde er sich an Gespräche über Hitzewallungen und unregelmäßige Menstruationszyklen gewöhnen müssen.

Aber Tampon-Puppen? Was zum Teufel hatte Daisy vor? Vor zwanzig Jahren hatte ich sie gelegentlich zu ihrem Frauenzirkel begleitet, obwohl ich immer die Einzige gewesen war, die sich nicht splitternackt ausgezogen hatte. Ich hatte mich an einem Beltane-Fest mit zeremoniellem Wein betrunken. Ich hatte ihr sogar geholfen, einen Hain mit etwas zu räuchern, das ziemlich sicher nicht nur Salbei und Präriegras gewesen war - aber Tampons verbrennen?

Egal. Ich war dabei. Wenn Daisy wollte, dass ich mich auszog und mit ihr zusammen Tampons verbrannte, würde ich es tun. Obwohl ich nicht vorhatte, mich auszuziehen.

8

Ich kam gutgelaunt und früh im Büro an, mit einem Becher Kaffee in der Hand und einem Heidelbeerplätzchen in der Handtasche, falls ich viel Arbeit hatte und keine Mittagspause machen konnte. Ich war Zielfahnderin, was meiner ursprünglichen Karriere als Nachrichtenreporterin ziemlich nahe lag. In beiden Jobs war es wichtig zu wissen, wie man Recherchen betrieb und die Ergebnisse dokumentierte. In beiden Jobs musste man trockene Fakten analysieren, sie zusammenfassen und überzeugend präsentieren. Der größte Unterschied war, dass dieser Job mehr einbrachte.

Nach Elis Unfall hatte ich weiterhin freiberuflich für verschiedene Zeitungen und an Carsons Forschungsprojekten gearbeitet, um nicht ganz den Verstand zu verlieren, und, um eine Einnahmequelle zu haben. Leider war diese Einnahmequelle im Laufe der Jahre bis an einen Punkt geschrumpft, an dem ich nicht einmal mehr den Mindestlohn verdiente. Zeitungen und Zeitschriften bezahlten nur vierzig Dollar pro Artikel und die meisten Artikel wurden von großen Firmen verfasst, die kurze Geschichten

schrieben und die Rechte an Hunderte von Nachrichten-
agenturen in der ganzen Welt verkauften. Lokale Reporter
hatten entweder überhaupt keine Arbeit oder nur welche,
die schlecht bezahlt wurde.

Ich würde nicht reich werden, wenn ich für J.T. Pierson
recherchierte, aber der Job war interessant, brachte genug
ein, um mich über die Runden zu bringen, und mein Chef
war jemand, der in eine Sitcom gepasst hätte. J.T. Pierson
hatte seine Lizenz als Privatdetektiv bereits als junger Mann
erworben, als er frisch aus dem College gekommen war. Er
hatte sich von Fernsehsendungen wie *Detektiv Rockford -
Anruf genügt* und *Magnum* inspirieren lassen. Seine Fernseh-
vorbilder stammten jedoch ausnahmslos aus den siebziger
Jahren. Er verherrlichte altmodische Detektivarbeit, die er
modernen CSI- und Internetrecherchen vorzog – was
bedeutete, dass ich einen sicheren Arbeitsplatz hatte. J.T.
führte Interviews, klopfte an Türen und unterhielt sich mit
Hilfssheriffs, die Haftbefehle ausführten. Ich spürte Leute
auf, die nicht gefunden werden wollten, und kreierte Papier-
spuren, die mein Chef mit viel Fanfarengetöse auf den
Schreibtisch der Staatsanwaltschaft legte.

„Haben Sie sich gestern Abend *Snake* angesehen? Dieser
Typ ist völlig durchgeknallt. Eines Tages wird ihn jemand
erschießen.“

Nein, ich hatte die neueste Folge von *Snake – Bounty
Hunter*, eine der Reality-Shows, von der J.T. besessen war,
nicht gesehen. „Was hat er denn diesmal getan? Hat er das
falsche Haus beobachtet? Ist er eingeschlafen und hat den
Täter entwischen lassen?“

„Er hat versucht, das Auto eines Typen in seiner
Einfahrt zu beschlagnahmen, aber dann ist der Kerl aufgetaucht und hat sich ihm in den Weg gestellt. Idiot.“

Snake war *tatsächlich* ein Idiot, aber ohne Idioten gäbe

es keine guten Reality-Shows. Seitdem die Sendung ausgestrahlt wurde, war J.T. davon überzeugt, dass seine Zukunft bei A&E, TLC oder einem anderen Sender lag. Am Freitag hatte er mich gebeten, länger zu bleiben und herauszufinden, bei wem er seine Bewerbung einreichen sollte. Es war sein Lebenstraum, seine Ermittlungserfolge neben denen von Jim Rockford und Thomas Magnum auf der kleinen Leinwand zu sehen, und da Amerika so fixiert auf Reality-Shows war, schien eine eigene Fernsehsendung zu haben ein guter Anfang zu sein.

Er hatte sogar mit seinem Look herumexperimentiert. Der verwahrloste Detektiv der letzten Woche war übers Wochenende ersetzt worden. Heute trug J.T. Jeans, ein weißes T-Shirt und Cowboystiefel, die aussahen, als wären sie nagelneu. Er hatte jedoch nicht nur in Bezug auf seine Kleidung eine totale Kehrtwendung gemacht: J.T. hatte sich den Kopf rasiert.

Für einen Mann Ende fünfzig hatte J.T. eigentlich ziemlich viel Haar. Es war graumeliert, seine Stirn schien immer mehr Platz zu brauchen und am Hinterkopf begann es sich zu lichten. Er hatte es ziemlich kurz getragen und nicht von einem Ohr zum anderen gekämmt, obwohl ich vermutete, dass er letzte Woche ein Haarprodukt verwendet hatte, um einen zerzausten Look zu kreieren.

Aber jetzt war es weg. Es war kein einziges Haar mehr auf seinem Kopf zu sehen. Sein kahler Schädel schrie geradezu nach Sonnencreme oder einem Hut. Es war, als würde J.T. den Kleidungsstil und das Aussehen von *Snake, Bounty Hunter*, nachahmen. Es fehlten nur noch bunte Tattoos auf seinen Armen.

„Was steht heute alles an?", fragte ich und versuchte, den schimmernden Kopf meines Chefs zu ignorieren.

„CreditCorp hat eine Pfändung, die dem Schuldner

zugestellt werden muss, und Bob hat gefragt, ob wir zwei seiner Kautionsfälle übernehmen können."

Bob war ein alter Freund - manchmal auch ein Konkurrent - von J.T. Er führte ein Ein-Mann-Büro, das auf Kautionsdienste für Dealer mit hohem Fluchtrisiko und Mehrfachtäter spezialisiert war. Ich arbeitete fast so oft für ihn wie für J.T.

„Oh, und wir müssen mehr über unsere neueste Klientin herausfinden."

„Caryn Swanson?" Unsere lokale Skandalheldin war am Freitag gegen Kaution freigelassen worden. Es schien etwas spät zu sein, erst jetzt mit den Nachforschungen zu beginnen. Als würde man das Scheunentor erst verriegeln, nachdem das Pferd bereits mit zehntausend Dollar im Mund durchgebrannt war.

„Ich weiß, was Sie denken. Aber als örtliche Geschäftsinhaberin stellt sie abgesehen von den Anschuldigungen wegen diesem angeblichen Prostitutionsring ein geringes Risiko dar. Ihre Familie in Milford hat ohne mit der Wimper zu zucken eine Anzahlung von zehn Prozent geleistet. Gestern Abend habe ich zufällig Craig Walshs Sekretärin im Steakhouse getroffen und ihr ein paar Drinks ausgegeben."

Craig Walsh war der Anwalt von Caryn Swanson. Seine Rechtsassistentin, die J.T. „Sekretärin" nannte, war mindestens achtzig und trank gerne Gin. Außerdem war sie blitzgescheit. J.T. schaffte es manchmal, ihr ein paar Geheimnisse zu entlocken, wobei ich den Eindruck hatte, dass sie nach diesen „zufälligen" Begegnungen mehr Informationen nach Hause trug als er.

„Ach ja? Und was hat Bonita Ihnen nach ein paar Gimlets alles verraten?"

J.T. runzelte die Stirn. Die Falten bildeten eine Linie, die bis zu seinem kahlen Schädel hinauf reichte. „Walsh kann seine Mandantin nicht finden."

Das war viel mehr, als Bonita ihm normalerweise verraten würde. „Vielleicht ist sie in Milford bei ihrer Familie. Es war bestimmt zu unangenehm für sie, in Locust Point zu bleiben. Ihre Verhaftung stand in der Zeitung und es gehen überall Gerüchte um."

Die Falten auf seiner Stirn vertieften sich. „Nein. Sie hätte sich am Samstagnachmittag mit ihm treffen sollen. Als sie nicht aufgetaucht ist, ist er zu ihrer Familie gefahren und hat sich nach ihr erkundigt. Niemand weiß, wo sie ist."

Ich musste zugeben , dass ich den Gedanken aufregend fand, dass eine unserer Klientinnen sich trotz Kaution aus dem Staub gemacht haben könnte. J.T. machte sich Sorgen um das Geld, aber ich dachte eher an gefälschte Pässe und Mexiko - oder eine neue Identität in Wyoming. Solche Dinge passierten in Locust Point nicht. Andererseits wurden auch nicht jeden Tag Frauen verhaftet, die angeblich einen Prostitutionsring führten.

„Soll ich versuchen, sie aufzuspüren?"

J.T. nickte und das Stirnrunzeln ließ etwas nach. „Vielleicht ist sie an den Strand oder sonst irgendwohin gefahren. Dass sie ein Treffen mit ihrem Anwalt verpasst hat, macht mir Sorgen. Ich will nur sichergehen, dass ich die zehn Riesen nicht aus eigener Tasche bezahlen muss."

„Das wäre eine tolle Folge für Ihre Fernsehserie", neckte ich ihn. „Ich versorge Sie übers Handy mit Informationen, während Sie mit einem Haftbefehl in der Hand Caryn Swanson hinterherjagen."

Mein Chef sah plötzlich vergnügt aus. „Die Mappe mit ihren Angaben ist in der Akte. Ich habe ein paar Notizen hinzugefügt. Außerdem ist es mir gelungen, an dieses Dokument zu kommen."

Ich nahm das Stück Papier entgegen, das J.T. mir reichte. Es war eine Kopie eines Polizeiberichts – einer, den keiner von uns hätte in die Finger bekommen sollen. Vermutlich war nicht einmal Caryns Anwalt im Besitz dieses Dokuments.

„Wie ich sehe, hat Ihr Zauber gewirkt."

J.T. errötete. Es war allgemein bekannt, dass er gerne flirtete. Die Mitarbeiterinnen des Rettungsdienstes mochten ihn genauso gerne wie die weiblichen Angestellten im Gerichtsgebäude. Er hatte ihnen Rollen in seiner neuen Reality-Show versprochen – die Show, die überhaupt nicht existierte.

Caryn Swanson. Blond. Grüne Augen. Einen Meter siebenundsechzig groß. Fünfundfünfzig Kilo schwer. Der Verhaftungsbericht war seltsam. Nicht wie der von jemandem, der zufällig während einer verdeckten Ermittlung als Bordellwirtin entpuppt worden war.

„Was denken Sie?", fragte ich J.T. „Im Gerichtsgebäude kommt Ihnen doch bestimmt viel zu Ohren. Ist sie schuldig? Wie ist sie erwischt worden? Zuhälter und Bordellwirtinnen werden normalerweise nicht während verdeckter Ermittlungen enttarnt."

Soviel ich wusste – Wissen, das ich mir angeeignet hatte, weil ich mir jahrelang Detektivsendungen im Fernseher angesehen hatte –, wurden normalerweise nur Freier und Nutten auf frischer Tat ertappt. Um an Zuhälter und Bordellwirtinnen zu kommen, waren normalerweise längere Ermittlungen notwendig. Oder sie wurden von Prostituierten verpfiffen, die sich aus einer Bewährungsstrafe winden wollten.

„Es laufen verdeckte Ermittlungen, die Einzelheiten sind mir nicht bekannt. Es muss noch eine weitere Akte vorhanden sein. Ich nehme an, dass ein paar ihrer ‚Mädchen' verhaftet wurden, die sie verpfiffen haben. Es war eindeutig eine Falle." Er deutete auf die Akte.

Ich warf einen kurzen Blick darauf. Ein verdeckter Ermittler kommuniziert mit der Verdächtigen, nachdem er sie über eine Online-Anzeige kontaktiert hat. Sie besteht auf ein Vorgespräch – hm, etwas edler als erwartet. Während des Vorgesprächs erhält er genug Informationen, um sie wegen Kuppelei zu verhaften. Vielleicht war alles ganz einfach. Vielleicht lag Caryn Swanson tatsächlich am Strand und trank Cocktails, um die Schrecken der vergangenen Woche und die Tatsache, dass ihr möglicherweise eine Gefängnisstrafe drohte, zu vergessen. Vielleicht traf sie sich gerade mit ihrem Anwalt und bot ihm im Gegenzug für eine mildere Strafe ihre Kundenliste an. Wie auch immer, ich würde mir heute Zeit nehmen, um alles herauszufinden, was man über diese Frau herausfinden konnte.

Ich legte die Akte auf meinen Stapel, direkt neben die Mappe von CreditCorp. „Sind Sie heute im Büro oder unterwegs?"

„Unterwegs. Heute Vormittag treffe ich mich mit Pete Briscane."

Unser illustrer Bürgermeister. „Versucht er immer noch, Sie dazu zu bringen, ein Boot bei der Regatta zu sponsern?"

Die Stirnfalte kehrte zurück. „Sein Sohn war letztes Wochenende in der Stadt."

„Oh." Briscanes Sohn machte nichts als Ärger. Er war bereits in der Highschool mit dem Gesetz in Konflikt geraten, hatte ein paar Aufenthalte in einer Entzugsklinik hinter sich und war schließlich trotz großzügiger Spenden seiner Eltern aus dem College geschmissen worden. Sie hatten ihm vor ein paar Jahren ein Restaurant am Strand gekauft, in der Hoffnung, dass er so beschäftigt sein und nicht mehr in Schwierigkeiten geraten würde. Das Restaurant war weit genug vom Haus seiner Eltern entfernt, dass er nicht jeden Monat vor ihrer Haustür stand, aber trotzdem nahe genug, dass sie ihn im Auge behalten konnten. Dass er in der Stadt war und der Bürgermeister mit J.T. reden wollte, bedeutete wahrscheinlich, dass David wieder in Schwierigkeiten steckte – Schwierigkeiten, die vielleicht sogar eine Kaution oder Ermittlungsdienste erforderten.

Ich nahm mir vor, David Briscanes Grillrestaurant und seine Finanzen genauer unter die Lupe zu nehmen. Ja, das machte mich zu einer Schnüfflerin, genauso wie Daisy und J.T. Das konnte ich zwar meiner ehemaligen Karriere als Sensationsreporterin zuschreiben, aber ehrlich gesagt war ich neugierig. Und eine Schnüfflerin.

Ich loggte mich ein, winkte J.T. hinterher und setzte Briscanes Namen auf meine Liste. Ich hatte heute viel zu tun, aber selbst wenn ich das Mittagessen auslassen und mich mit dem Heidelbeerplätzchen in meiner Handtasche begnügen musste, würde ich versuchen, so viel wie möglich über Caryn Swanson zu erfahren - und über den berühmt-berüchtigten Sohn des Bürgermeisters.

**9**

Ich kam nicht zu David Briscane. Der CreditCorp-Schuldner hatte gerade eine Stelle als Kassierer in der dritten Schicht bei „Gas N Go" angetreten. Dort verdiente er nicht genug, um seine Schulden zurückzuzahlen, aber es gab Hinweise darauf, dass eine lokale Baufirma ihn als Bauunternehmer bezahlte – in bar, wie die regelmäßigen Einzahlungen auf sein Bankkonto vermuten ließen. Ich war überzeugt, dass der Mann den Großteil des Geldes unter seiner Matratze versteckte und nur gerade so viel einzahlte, dass die Daueraufträge für das Kabelfernsehen und das Internet gedeckt waren.

Als ich damit fertig war, verdrückte ich mein Heidelbeerplätzchen und begann mit den Nachforschungen über Caryn Swanson. Mit dreiundzwanzig war die Kredithistorie der jungen Frau eine Achterbahnfahrt mit pünktlichen und verspäteten Zahlungen. Außer einem Strafzettel, den sie letztes Jahr für zu schnelles Fahren erhalten hatte, ergab die Abfrage der staatlichen Fälle nichts. Die Beschäftigungshistorie ihrer Sozialversicherungsnummer zeigte an, dass sie als Partyplanerin arbeitete. Sie verdiente gutes Geld, aber als ich alles zusammenfügte, begann sich ein Muster abzuzeichnen.

Vor zwei Jahren hatte sich der Kreditbetrag stabilisiert und sie hatte regelmäßig Bareinzahlungen vorgenommen. Ende letzten Jahres hatte sie ein Auto gekauft. Sie hatte in bar bezahlt, nicht mit einem Scheck. Zugegeben, es war kein Luxusauto, aber die meisten Leute schleppten nicht Tausende von Dollar mit sich herum, um für einen Gebrauchtwagen zu bezahlen.

Es gab jedoch viele Leute, die schwarz arbeiteten, einschließlich des „Gas N Go"-Typen, den ich gerade aufgespürt hatte. Obwohl ihm niemand unterstellte, einen Prostitutionsring zu betreiben. Und ehrlich gesagt war es mir egal, ob Caryn Swansons schuldig oder unschuldig war. Meine Aufgabe war es, herauszufinden, wohin sie verschwunden war.

Das bedeutete, dass ich mir mehr als nur ihre Kreditauskünfte und Bankauszüge ansehen musste. Ich wandte mich an die Informationsquelle, die mir immer die besten Ergebnisse einbrachte – Soziale Medien. Heutzutage war nichts mehr privat. Es spielte keine Rolle, wie gut die Leute ihre Sicherheitseinstellungen verwalteten. Es schockierte mich schon lange nicht mehr, wie viel detaillierte Informationen die Leute über sich preisgaben. Oft waren sogar Fotos von illegalen Aktivitäten auf Facebook oder Instagram zu sehen.

Im Gegensatz zu uns Senioren schienen sich junge Leute *keinen Dreck* um ihre Privatsphäre zu scheren. Tatsächlich, Caryn Swansons Leben konnte von der ganzen Welt eingesehen werden. Strandfotos und Schnappschüsse aus dem Urlaub, auf denen sie am Pool Bier trank, ihr Dekolleté vorzeigte und einen Schmollmund machte. Sie hatte auch eine Page für ihr Geschäft, auf der viele Fotos von Hochzeiten, Abschluss- und Jubiläumsfeiern zu sehen waren. Auf beiden Accounts waren seit ihrer Verhaftung keine Beiträge mehr gepostet worden. Ich lud alle möglichen Fotos von ihrem persönlichen Account herunter und vermerkte, wer darauf getaggt war, wo sie aufgenommen worden waren, sowie Uhrzeit und Datum der Veröffentlichung. Ich würde später eine Liste mit Caryns Freunden erstellen, bei denen sie sich versteckt haben könnte.

Snapchat war voller Nachrichten von Leuten, die wissen wollten, was los sei, und unverblümt nach Details fragten. Ich kopierte die Kontaktlisten und Nachrichten, um Querverweise mit den Facebook-Beiträgen zu erstellen.

In gewisser Weise erschwerte mir ihre Online-Aktivität die Arbeit. Es dauerte Stunden, bis ich mich durch die Unmengen von Selfies und Party-Beiträgen gekämpft hatte und sich abzeichnete, welche dieser Leute Caryns Freunde und welche nur flüchtige Bekannte waren.

Es fehlte noch etwas anderes in ihrer Online-Präsenz. Ich hätte es übersehen, wenn ich nicht noch einmal die todlangweiligen Beiträge und Fotos der letzten zwei Jahre durchgegangen wäre. Caryn Swanson - so schön und sexy sie auch zu sein schien - hatte keinen Freund. Ich fand alle möglichen anzüglichen Bemerkungen über jemanden, der, wie ich annahm, ihr Freund gewesen war, als sie achtzehn war, aber danach kam nichts mehr – nur noch Fotos von Partys und Veranstaltungen.

Das kam mir merkwürdig vor, obwohl es schon sehr lange her war, seit ich jung gewesen war, und ich keine Ahnung hatte, wie die Dating-Welt heutzutage funktionierte. Ich scrollte weiter und kehrte zu den Beiträgen zurück, die sie kurz vor ihrer Verhaftung gepostet hatte. Vielleicht gaben sie Aufschluss darüber, wo Caryn am Wochenende gewesen war - und wo sie jetzt war. Twitter und Snapchat enthielten die neuesten Bilder. Ich lud sie herunter und öffnete sie auf meinem riesigen Monitor, damit ich die Fotos vergrößern und genauer studieren konnte.

Es gab keine Hinweise darauf, dass sie eine Reise nach Ocean City, New York, oder sonst irgendwohin geplant hatte. Ein paar Partyfotos vom vorhergehenden Wochenende, die kurz nach Sonnenuntergang gepostet worden waren, danach nichts mehr. Das war besser als nichts. Ich vergrößerte die Partyfotos und beschloss herauszufinden, wo die Party stattgefunden und wer daran teilgenommen hatte. Irgendjemand musste wissen, wohin Caryn verschwunden war.

Dann entdeckte ich ein bekanntes Gesicht. Ich kannte nicht viele Mädchen im Teenageralter, aber dieses hier war seit gestern Bewohnerin in meinem Haus und ich hätte es überall wiedererkannt. Es war Madison Beck, die fünfzehnjährige Tochter des Richters. Sie trug winzige Hotpants und hatte etwas, das wie ein Kopftuch aussah, um ihre Brust gewickelt. Sie hielt einen roten Wegwerfbecher in der Hand und stand neben einem silbernen Bierfass. Der Fokus des Fotos lag zwar nicht auf ihr, aber Madison war deutlich im Hintergrund zu sehen.

Sie war ohne ihr Wissen fotografiert worden, während sie auf einer Party Bier trank. Ich würde es ihrem Vater sagen müssen. Obwohl ich es wirklich nicht tun wollte. Ja, ich hatte früher ähnliche Dinge getan, obwohl ich mich nicht daran erinnern konnte, mit fünfzehn schon Bier getrunken zu haben. Aber das war nicht der Grund, warum ich mich bei dem Gedanken an das Gespräch, das ich später führen musste, auf meinem ergonomischen Bürostuhl herumrutschte – mir graute vor dem ganzen Drama, das dieses Gespräch verursachen würde. Es würde viel Tränen und Geschrei geben, ganz zu schweigen von einem Hausarrest, der dem Teenager blühte. Außerdem würde der Richter seiner Frau die Schuld geben, die an jenem Samstagabend für die Kinder verantwortlich gewesen war. Es würde hässlich werden und ich hasste hässliche Situationen, aber er musste es wissen – und ich musste mit Madison reden. Sie war mit Caryn auf dieser Party gewesen. Ich würde J.T. trotzdem eine Liste mit den Leuten geben, die auf den anderen Fotos getaggt waren, aber wenn Caryn immer noch nicht aufgetaucht war, wusste Madison vielleicht, wo sie war - oder zumindest mit wem sie zusammen war.

## 10

Ich hinterließ J.T. eine Nachricht und eine getippte Zusammenfassung, in der ich erwähnte, was ich im CreditCorp-Fall recherchiert und bisher alles über Caryn herausgefunden hatte. Was ich nicht erwähnte, war, dass Madison Beck an der Party teilgenommen hatte. Das Foto war in der Akte, obwohl ich nicht glaubte, dass J.T. Madison jemals getroffen hatte oder sie anhand des Fotos identifizieren konnte. Meine Loyalität gegenüber J.T. ging nicht so weit, dass ich zugelassen hätte, dass Madison Beck zum neuesten Gesprächsthema der Stadt wurde. Erst recht nicht, bevor ihre Eltern davon erfuhren und sie zur Rede stellen konnten.

Außerdem wollte ich zuerst selbst mit ihr reden. Ich hatte den Eindruck, dass das Mädchen eher mit mir als mit J.T. - ganz zu schweigen von ihrem Vater - über die Party reden würde. Ich erwartete jedoch nicht, dass sie herzlich und freundlich sein würde. Sie würde wissen, dass ich im Begriff war, sie zu verpetzen.

Der Richter hatte beide Kinder von der Schule abgeholt, genau, wie er gesagt hatte. Als ich nach Hause kam, saßen die beiden Teenager am Esstisch, auf dem Bücher und Notizblöcke lagen, und machten Hausaufgaben. In der Küche war das Scheppern von Pfannen zu hören und der himmlische Duft von Speck und Rindfleisch stieg mir in die Nase. Was auch immer mein neuer Mitbewohner kochte, es war bestimmt viel schmackhafter als der Salat, der im Kühlschrank stand.

„Kann ich kurz mit dir reden?", fragte ich Madison. Sie blickte überrascht von ihren Hausaufgaben auf.

„Klar."

Ich führte sie ins Nebenzimmer, in dem einst Elis Bett gestanden hatte, zog das Foto aus meiner Aktentasche und legte es auf die Sofalehne.

Sie schnappte nach Luft. „Wo ... wann ...? Da muss jemand Photoshop benutzt haben, denn das bin nicht ich."

„Es wurde nicht mit Photoshop bearbeitet. Ich musste das Foto für diese Nahaufnahme vergrößern." Ich zog die Kopie des Originalfotos hervor und legte es neben das andere. In diesem Foto war Caryn Swanson im Vordergrund und Madison nur eine Gestalt neben dem Bierfass.

„Spionieren Sie mir etwa nach?", rief sie empört, verstummte jedoch sofort wieder und blickte zum Esstisch hinüber. „Warum haben Sie diese Fotos?"

„Ich betreibe Nachforschungen für eine Kautionsfirma. Wir wollen nur sicherstellen, dass Caryn Swanson ihre Kaution zurückbezahlt." Ich schwieg einen Moment lang. „Wir vermuten, dass sie letztes Wochenende mit jemandem verreist ist. Wir müssen Kontakt mit ihr aufnehmen, deshalb versuche ich herauszufinden, wer ihre Freunde sind und mit wem sie die Stadt verlassen haben könnte. Und da du auf dieser Party warst, habe ich gehofft, dass du es vielleicht weißt."

Madison rieb sich die Wangen. „Werden Sie es Papa

sagen? Ich habe ihm gesagt, ich hätte bei Chelsea übernachtet. Wir waren die Einzigen auf der Party, die noch nicht volljährig waren. Ich konnte fast nicht glauben, dass ich eingeladen wurde. Bitte sagen Sie Papa nichts davon."

Sie schien sich mehr Sorgen über einen potenziellen Hausarrest als über Caryn zu machen. Teenager. Obwohl es ehrlich gesagt weitaus schlimmer war, mit einer Frau zusammen erwischt zu werden, die verdächtigt wurde, einen Prostitutionsring zu führen, als an einer gewöhnlichen Teenagerparty teilzunehmen.

„Ich muss es deinem Vater sagen. Diese Fotos sind auf den Social-Media-Accounts von Caryn Swanson zu sehen. Sie werden sehr wahrscheinlich im Gerichtsverfahren verwendet werden. Stell dir mal vor, was passieren würde, wenn die Gerichtsverhandlung deinem Vater zugeteilt wird und plötzlich ein Foto mit seiner Tochter im Hintergrund auftaucht."

Sie sackte zusammen und ich musste dem Drang widerstehen, sie in die Arme zu nehmen. „Er wird mich umbringen. Ich bin mausetot. Dann wird er Mama umbringen. Er wird ihr die Schuld an allem geben."

Vermutlich hatte sie recht. Er würde Heather die Schuld an allem geben, aber er würde seine Tochter nicht umbringen.

„Du steckst zwar in großen Schwierigkeiten, aber er wird dich nicht umbringen. Es ist besser, wenn du ihm jetzt alles sagst und nicht erst, wenn die Gerichtsverhandlung in vollem Gange ist."

Sie nickte, holte tief Luft und schien ihre Gedanken zu ordnen. „Ich wusste nichts von diesem ganzen Prostitutionszeug. Ich schwöre es, ich hatte keine Ahnung. Ich kann es nicht glauben. Chelseas Schwester kennt sie. Caryn hat vor ein paar Jahren ihre Abschlussfeier organisiert. Sie sind zwar keine dicken Freundinnen, aber sie haben denselben Freundeskreis. Locust Point ist klein, sie halten sich in denselben Lokalen auf. Jedenfalls hat Leah von der Party erfahren und Chelsea gefragt, ob sie mitkommen wolle. Chelsea wollte nicht die Jüngste auf der Party sein und hat mich gebeten, mit ihr zu gehen. Es hat Spaß gemacht. Ich war nicht betrunken oder so. Es gab auch keine Drogen und die Jungs waren nett. Süß. Und sie haben uns nicht angemacht oder so. Sie haben uns behandelt, als wären wir ihre kleinen Schwestern."

„Kleine Schwestern, die Bier trinken und praktisch nackt herumlaufen."

„Mein Badeanzug ist knapper als dieses Outfit", schoss Madison zurück.

„Es ist März. Und es ist weit und breit kein Pool zu sehen."

Sie starrte mich schweigend an. Ich musste mich zurückhalten. Sie war nicht mein Kind und ich musste versuchen, ihr mehr Informationen zu entlocken. Sie würde mich ohnehin hassen, wenn ich ihrem Vater das Foto zeigte.

„Dann ist Leah, Chelseas Schwester, also Caryns Freundin?"

„Nein nicht wirklich. Sie laufen sich nur ab und zu auf Partys über den Weg. Aber Leah kennt wahrscheinlich ihre Freunde."

Und Leah würde vielleicht wissen, wer wusste, wohin Caryn gegangen war. Falls sie immer noch nicht aufgetaucht war. Ich würde J.T. den Hals umdrehen, wenn ich mir die ganze Mühe machte, nur, um später herauszufinden, dass sie das Treffen mit ihrem Anwalt verpasst hatte, weil sie verkatert gewesen war.

„Und wie heißen Leah und Chelsea mit Nachnamen?"

„Novak."

„Danke." Ich nickte. „Ich werde mit deinem Vater sprechen."

Sie nickte und sah mich mit großen Augen an. „Ich bin tot. Mausetot. Papa wird mich umbringen. Zuerst wird er mich umbringen und dann Mama."

Ich klopfte ihr auf die Schulter. „Vielleicht kann ich ihn dazu bringen, dich ein bisschen weniger umzubringen, als er es normalerweise tun würde."

Sie ging zum Esstisch zurück und griff mit zitternden Händen nach ihrem Schulheft. Ich ging in die Küche. Richter Beck trug immer noch seine Bundfaltenhose. Sein Hemdkragen war offen und er hatte die Ärmel hochgekrempelt. Sakko und Krawatte hatte er über eine Stuhllehne gelegt. Das Kochfeld war mit Ölspritzern übersät von den Speck-Cheeseburgern, die in der Bratpfanne brutzelten.

Ich wusste nicht, wie ich es angehen sollte, und kam direkt auf den Punkt. „Pierson hat die Kaution für Caryn Swanson übernommen und ich habe heute einige Nachforschungen über sie angestellt. Er hat Bedenken, dass sie weggelaufen sein könnte und ein Fluchtrisiko besteht."

Der Richter blickte überrascht auf. Er hielt einen Pfannenwender in der Hand. „Wegen der Anschuldigungen? Warum? Sie wird vermutlich mit einem blauen Auge davonkommen, wenn sie ihre Kundenliste aushändigt."

„Ich weiß nicht. Locust Point ist eine kleine Ortschaft. Selbst wenn es zu einer Strafmilderung kommen sollte, ist ihre Karriere als Party-Planerin vorbei. Vielleicht überlegt sie, woanders neu anzufangen."

Er warf mir einen seitlichen Blick zu. Fett tropfte vom Pfannenwender auf den Boden. „Hat sie die Stadt verlassen? Ich weiß, dass Pierson Sie nicht darauf angesetzt hätte, wenn er wüsste, dass sie zu Hause ist. Wenn er befürchtet hätte, dass sie sich aus dem Staub machen würde, hätte er bestimmt Nachforschungen betrieben, bevor er die Kaution gestellt hat. Ist sie verschwunden?"

Ich seufzte. Wir konnten genauso gut tratschen - wie alle anderen in der Stadt. „Ja. Vermutlich ist sie mit einer Freundin an den Stand gefahren, um dem ganzen Rummel zu entfliehen, aber J.T. befürchtet, dass sie durchgebrannt sein könnte."

„Hat sie ihr Bankkonto geleert?" Der Richter wendete einen Cheeseburger.

„Nein." Worauf wollte er hinaus?

„Sie ist bestimmt nicht einfach nur mit den Kleidern, die sie am Leib trug, ins Auto gestiegen und davongefahren. Vor allem, weil es sich um eine geringfügige Anklage handelt. Deshalb war die Kaution so niedrig. Sie würde nur *dann* abhauen, wenn sie jemanden umgebracht oder Verbindungen zum organisierten Verbrechen oder zu einem Drogenkartell hätte. Nicht wegen so etwas."

Mir gefror plötzlich das Blut in den Adern. Vielleicht lag es daran, dass ich mir abends zu viele Kriminalsendungen ansah. Was war, wenn da etwas – jemand – in diesem kleinen schwarzen Buch stand, der auf keinen Fall entblößt werden wollte?

„Weiß Walsh, wo sie ist? Ich nehme an, dass diese Säuferin von Rechtsassistentin Pierson einen Tipp gegeben hat."

Hey. Das war unnötig. Es stimmte zwar, war aber trotzdem unnötig.

„Sie dürfen Bonita nicht unterschätzen. Sie trinkt zwar gerne Gin, aber als Säuferin würde ich sie nicht bezeichnen."

Plötzlich erinnerte ich mich daran, dass der Richter gesehen hatte, wie Daisy und ich auf der Veranda gesessen und aus riesigen Gläsern Wein getrunken hatten. Hielt er mich etwa auch für eine Säuferin? Würde ich in meinem eigenen Haus herumschleichen müssen, damit mein sittenstrenger Mitbewohner mich nicht verurteilte?

„Ich verstehe das als ein Ja. Warum hat Walsh keine Anzeige bei der Polizei erstattet, wenn er denkt, dass sie abgehauen ist?"

„Ich weiß es nicht. Vielleicht wollte er keinen Staub aufwirbeln, wenn sie nur übers Wochenende verschwunden ist."

Er zuckte mit den Schultern. „Ich glaube, Sie verschwenden Ihre Zeit. Sie wird schon wieder auftauchen. Und wenn erst einmal Gras über die ganze Sache gewachsen ist, wird sie ihr Geschäft wieder aufbauen können – das legale meine ich. Und wenn Ihre Nachforschungen kein geheimes Bankkonto auf den Cayman Islands aufgedeckt haben, glaube ich nicht, dass J.T. sich Sorgen um sein Geld machen muss."

Er ließ die Cheeseburger auf einen Teller gleiten und legte die Pfanne in die Spüle. Ich wusste nicht, wie ich das Gespräch von Caryn Swanson zu Madison überleiten sollte, aber ich musste es ihm sagen. Jetzt gleich. Nicht erst nach dem Abendessen.

„Eigentlich wollte ich über etwas anderes mit Ihnen sprechen. Etwas, das im weitesten Sinne damit zusammenhängt. Es könnte während des Prozesses zum Thema werden, deshalb dachte ich mir, dass Sie es wissen sollten." Ich schwafelte unzusammenhängendes Zeug und fürchtete mich vor der Explosion, die gleich stattfinden würde.

„Ja?" Er sah mich fragend an und hielt immer noch den Teller mit den Cheeseburgern in der Hand.

Ich zog die Bilder aus der Mappe und legte sie auf die Küchentheke. Auf dem einen war Caryn Swanson auf einer

Party abgebildet, auf dem anderen war die vergrößerte Madison zu sehen, die neben einem Bierfass stand.

„Wenn irgendwelche Kunden oder Prostituierte an dieser Party teilgenommen haben, werden diese Bilder während des Prozesses verwendet werden. Ich wollte, dass Sie sie sehen, bevor der Prozess beginnt."

Er stellte den Teller mit den Cheeseburgern auf die Theke und starrte auf die Fotos. Seine Kiefermuskeln zuckten. „Wann war das?"

„Am Samstag vor einer Woche. Ich habe gerade mit Madison darüber gesprochen, weil ich versuche, Caryns Freundinnen aufzuspüren. Sie weiß, dass ich Ihnen davon erzähle."

Richter Beck holte tief Luft. Es klang, als würde ihm der Atem stocken. „Meine Tochter war also letzten Samstag auf einer Party. Sie war mit Leuten, die viel älter sind als sie, auf einer Party. Eine der Teilnehmerinnen wurde verhaftet, weil sie anscheinend einen Prostitutionsring betrieben hat. Eine Party, an der Freier und Prostituierte teilgenommen haben könnten. Sie war auf dieser Party und hat vermutlich Bier getrunken."

Seine Stimme klang hölzern. Dann blickte er mich mit funkelnden Augen an. „Ich werde Heather umbringen. Wie konnte sie das nur zulassen? Sie will mir das halbe Sorgerecht entziehen, während unsere Tochter unter *ihrer* Aufsicht mit Leuten Bier trinkt und feiert, die Mitte zwanzig und vielleicht sogar Prostituierte sind?"

„Na ja, wir wissen nicht, ob Prostituierte oder Freier an der Party teilgenommen haben", warf ich hastig ein. Es lief nicht gut. Das hatte ich auch nicht erwartet, aber es war erschütternd, seine Wut zu spüren. „Wir wissen nicht einmal, ob Caryn Swanson schuldig ist."

„Es geht um meine *Tochter*", knurrte er. „Meine fünfzehnjährige Tochter feiert und trinkt Bier mit Leuten, die zehn Jahre älter sind als sie. Es ist mir egal, ob Caryn Swanson schuldig ist oder nicht, meine Tochter ist zu jung für solche Dinge."

Ich trat einen Schritt zurück, weil ich befürchtete, dass er mit dem Pfannenwender um sich schlagen könnte. Wahrscheinlich war jetzt nicht der richtige Zeitpunkt, um ihn daran zu erinnern, dass wir uns in diesem Alter auch oft aus dem Haus geschlichen hatten. Das hatte er vermutlich auch getan. Er mochte zwar jetzt Richter sein, aber ich vermutete, dass er in jungen Jahren auch nicht immer alle Regeln befolgt hatte. Vermutlich tat er das immer noch nicht.

Der Pfannenwender flog quer durch die Küche, fiel am Ende der Theke zu Boden und schlitterte in die Ecke. „Wo war Heather, während meine Tochter sich betrunken und wer weiß was sonst noch auf dieser Party getrieben hat? Ist sie mit Tyler ausgegangen? Hat sie einen Babysitter für Henry organisiert oder ihn zu einem Freund geschickt, damit sie sich wie eine verantwortungslose Pennerin benehmen kann? Sie hat wahrscheinlich keine Ahnung, was die Kinder abends tun. Das Sorgerecht sollte ihr komplett entzogen werden."

Es war übel. Sehr übel sogar. Ich hätte mich am liebsten unter dem Tisch versteckt oder mit Taco in meinem Zimmer eingeschlossen. Ich fühlte mich, als wäre ich an der ganzen Sache schuld.

Aber ich konnte mich nicht verstecken. Ich musste mit diesem Kerl zusammenleben, die meiste Zeit auch mit seinen Kindern, und ich würde seine Noch-Ehefrau mehrmals pro Woche zu Gesicht bekommen. Ich musste diesen äußerst unangenehmen Moment über mich ergehen lassen. Dann würde ich mir Taco schnappen und mich in mein Zimmer zurückziehen. Vielleicht mit einer Flasche Wein.

„Es reicht. Beruhigen Sie sich wieder. Ich verstehe, dass Sie Heather die Schuld geben wollen, aber Sie dürfen nicht übertreiben. Teenager sind raffiniert. Madison hat ihr gesagt, sie würde bei Chelsea übernachten. Hätten Sie das an ihrer Stelle überprüft? Hätten Sie daran gezweifelt?"

Der Richter zögerte. „Chelsea ist eine von Madisons Freundinnen. Sie ist ein gutes Mädchen, bekommt gute Noten. Wir haben mit ihren Eltern Golf gespielt. Nein, wahrscheinlich hätte ich nicht daran gezweifelt, aber künftig werde ich es tun."

„Dann müssen Sie wie ein Erwachsener mit Heather reden. Sagen Sie ihr, was passiert ist, und besprechen Sie mit ihr, wie Sie verhindern können, dass so etwas noch einmal vorkommt. Madison weiß, dass sie Ihr Vertrauen missbraucht hat. Es wird sie nicht überraschen, wenn Sie künftig an allem zweifeln, was sie sagt."

Er schielte auf den Pfannenwender, der auf dem Boden lag, und wirkte plötzlich verlegen. „Ich bin einfach sauer auf Madison. Sie ist zu intelligent, um so dumme Entscheidungen zu treffen. Mit siebzehn oder achtzehn könnte man so etwas erwarten, aber nicht mit *fünfzehn*!"

Er hatte recht. Sie war jung, aber heutzutage schienen Jugendliche die Dinge viel früher auszuprobieren, als wir es getan hatten. Jedenfalls früher, als *ich* es getan hatte. „Sie wusste nicht, dass Caryn kurz davor stand, verhaftet zu werden, weil sie angeblich eine Bordellwirtin war. Sie kannte Caryn überhaupt nicht. Chelsea wurde von ihrer älteren Schwester zu der Party eingeladen und hat Madison gebeten, mit ihr zu gehen, weil sie jemanden in ihrem Alter dabeihaben wollte. Es wurde zwar Alkohol ausgeschenkt, aber sie hat gesagt, es habe keine Drogen gegeben und die Jungs seien respektvoll gewesen und hätten sie wie ihre kleinen Schwestern behandelt."

Der Richter hielt die Luft an. „O Gott. Was wäre gewesen, wenn es *tatsächlich* Drogen gegeben hätte? Was wäre gewesen, wenn einer dieser Typen ihr etwas ins Getränk getan und sie vergewaltigt hätte?"

„Das ist aber nicht passiert. Sie hat gelogen und ist zu einer Party gegangen. Sie hat Bier getrunken. Jugendliche tun solche Dinge. Sie müssen einfach dafür sorgen, dass es nicht wieder vorkommt, zumindest nicht, bis sie aufs College geht."

Den letzten Teil des Satzes hätte ich wahrscheinlich nicht sagen sollen, obwohl ich recht hatte.

„Wenn sie aufs College geht, werde ich nicht mehr kontrollieren können, was sie tut, aber solange sie unter meinem Dach wohnt und noch minderjährig ist, werde ich dafür sorgen, dass sie sich nicht aus dem Haus schleicht und auf irgendwelchen Partys Alkohol trinkt. So etwas toleriere ich nicht." Er machte ein finsteres Gesicht.

„Das erwartet auch niemand", erwiderte ich hastig. Es ging mich nichts an. Ich hatte es ihm gesagt, jetzt lag es an ihm, wie er mit seiner Tochter und seiner Frau verfahren wollte. Er brauchte - und wollte - wahrscheinlich keine weiteren Kommentare von mir.

Er seufzte und strich sich mit der Hand übers Haar. „Diesen Fehler machen viele Teenager und sterben dann in Autounfällen oder landen im Krankenhaus, weil sie zu viele Drogen nehmen oder zu viel Alkohol trinken - oder vergewaltigt werden. Ich will keinen solchen Anruf erhalten. Sie ist ... sie ist mein kleines Mädchen."

Seine Stimme klang erstickt und ich spürte, wie mir die Tränen in die Augen stiegen, weil er so emotional wurde. Das war die größte Angst aller Eltern. Ich konnte mir vorstellen, wie schwierig es sein musste, seine Kinder aufwachsen zu sehen und jedes Mal zu hoffen, dass sie heil wieder nach Hause kamen, wenn sie das Haus verließen.

„Es muss sich schrecklich anfühlen."

Er nickte und drehte sich zum Teller mit den Cheeseburgern um. „Ich werde nach dem Abendessen mit ihr reden."

Er bot mir keinen Cheeseburger an und da ich annahm, dass ihr Abendessen vermutlich ziemlich angespannt verlaufen würde, war ich froh, dass ich meinen Salat aus dem Kühlschrank nehmen und ihn woanders essen konnte. Es war eine gute Gelegenheit, im Garten draußen zu essen und den Frühlingsabend zu genießen, abseits von dem Sturm, der sich in meinem Haus zusammenbraute.

**11**

J.T. ging meine Notizen ein zweites Mal durch. „Sie ist definitiv weg. Ich hätte nie im Leben gedacht, dass jemand wie sie sich trotz Kaution aus dem Staub machen würde und ich sie aufspüren muss."

„Was soll ich als Nächstes tun?" J.T. würde vermutlich die Befragung der Facebook- und Snapchat-Freunde übernehmen. Ich zögerte und wollte ihm nichts von Madisons Freundin und ihrer Schwester erzählen, vor allem nicht, weil das Mädchen gesagt hatte, sie würde Caryn kaum kennen. Wenn die anderen Hinweise nichts ergaben, würde ich sie noch einmal befragen. Ich wollte nicht noch einmal mitten ins Bienennest schlagen.

„Sehen Sie, was Sie sonst noch alles ausfindig machen können. Kreditkartentransaktionen oder Ähnliches. Die Anschuldigung, einen Prostitutionsring betrieben zu haben, wird bei der Polizei nur minimales Interesse wecken, deshalb müssen wir sie selbst finden."

„Bin schon am Ball", verkündete ich und setzte mich vor den Computer. Eine Stunde später hatte ich immer noch nicht viel mehr über Caryn Swanson herausgefunden. Sie hatte die Highschool in Locust Point besucht. Dann war sie zum Milford County Community College gegangen, danach zum State College. Vor zwei Jahren hatte sie ihren Abschluss in Betriebswirtschaft gemacht. Ihre Eltern hatten ihr das Geld für die Gründung ihres Partyplaner-Unternehmens geliehen. Es war so erfolgreich gewesen, dass sie ihnen das Darlehen innerhalb von sechs Monaten zurückzahlen konnte.

Den Bildern, der Website und den Empfehlungen nach zu schließen, schien sie eine gute Geschäftsfrau zu sein. Für jemanden in ihrem Alter war sie ziemlich erfolgreich. War sie unschuldig? Eine junge Frau, die auf perverse Dinge stand und versehentlich in eine verdeckte Ermittlung geraten war? Nein, es musste etwas an den Anschuldigungen dran sein, sonst wäre sie wegen Prostitution verhaftet worden. Es musste einen Grund geben, warum die Polizei so scharf darauf war, an dieses schwarze Buch zu kommen.

Es war bereits ein Uhr, als ich merkte, dass ich mir nichts zum Mittagessen mitgebracht hatte. Wenn ich ohnehin das Büro verlassen musste, konnte ich genauso gut beim Supermarkt anhalten und etwas zum Abendessen einkaufen. Und ein paar Backzutaten. Es wäre schön, wenn das Frühstücksgebäck, das ich Daisy morgens zum Kaffee servierte, nicht aus der Tüte kommen würde. Früher hatte ich gerne gebacken. Ich wollte wieder damit anfangen. Wenn ich zwei Kuchen anstatt nur einen backte, würden die beiden Kinder vielleicht keine glasierten Donuts oder gefrorene Waffeln zum Frühstück essen müssen.

Der Parkplatz des MegaMart war ziemlich leer, aber ich parkte trotzdem so weit wie möglich vom Eingang entfernt. Ich war fest entschlossen, mich wie immer ein wenig sportlich zu betätigen. Als ich aus dem Auto stieg, lief mir ein eisiger Schauer über den Rücken und ein Schatten erschien am Rand meines Blickfeldes.

Ich hatte die Glaskörperflocken - oder wie auch immer der Augenarzt die Schatten genannt hatte - ganz vergessen. Sie waren seit dem Sonntagabend, als ich mir im Keller Filme angesehen hatte, nicht mehr erschienen.

Ich drehte mich um und erwartete, dass der dunkle Schatten wie immer verschwinden würde. Diesmal blieb er jedoch im Zentrum meines Blickfeldes hängen; eine undeutliche, graue Gestalt. Es war, als würde ich ein Gespenst sehen. Obwohl ich mir das ganz anders vorgestellt hatte. Nicht am helllichten Tag und bestimmt nicht am Rand des MegaMart-Parkplatzes. Vielleicht stimmte mit meinen Augen tatsächlich etwas nicht. Musste ich wieder zum Augenarzt?

Der Schatten bewegte sich auf und ab, schwebte dann zu der Wiese zwischen dem Parkplatz und der Schnell-straße und weiter zu der Stelle, an der Dornengestrüppe und Unkraut die Böschung verbargen, die zum Entwässe-rungsgraben hinunterführte. Dort blieb er stehen und wirbelte in der Luft herum. Er streckte mir ein langes Anhängsel entgegen, als würde er mich anflehen wollen, etwas zu tun.

Aber was sollte ich tun? Mir eine Sonnenbrille kaufen? Zum Augenarzt gehen? Ich blinzelte ein paar Mal und rieb mir die Augen, aber der Schatten war immer noch da. Er zeigte auf etwas. Er schien nach mir greifen zu wollen.

Dann war er plötzlich verschwunden. Die Luft wurde wärmer und ich hörte melodiöses Vogelgezwitscher, das noch Momente vorher ungewöhnlich leise gewesen war.

Was war das gewesen? Hatte mir das Licht einen Streich gespielt? War meine Kataraktoperation tatsächlich schreck-lich schiefgelaufen? Ich kam mir wie eine Vollidiotin vor, stieg vorsichtig über den zerbröckelten Rand des Asphalts und ging zu der Stelle, an der ich den Schatten gesehen hatte. Die Gebüsche und das Gras am Rand des Parkplatzes sahen zerdrückt aus. War jemand hier gewesen? Früher hatten Obdachlose an dieser Stelle ihre Zelte aufgeschlagen, als noch Bäume hier gestanden hatten, lange bevor der MegaMart gebaut worden war. Jetzt war nur noch ein Haufen Unkraut und eine steile Böschung zu sehen, die zum Entwässerungsgraben hinunterführte. Ich vermutete, dass dieser Abschnitt nicht einmal als Abkürzung zur Raststätte benutzt wurde, da man sich zu Fuß durch Brombeersträucher, Sumpf, und eine sechsspurige Schnellstraße hätten kämpfen müssen. Gerade, als ich mich umdrehte und wieder gehen wollte, entdeckte ich etwas im Gebüsch – etwas Blaues, das glänzte. Ich bückte mich und zog es heraus.

Ein Schuh. Ein blauer Stöckelschuh. So wie er aussah, lag er noch nicht lange hier. Wie konnte man nur einen so schönen Schuh verlieren? Er war ziemlich elegant. Und es schien nur einer da zu sein. Meine Vorstellungskraft lief auf Hochtouren und ich spähte die Böschung hinunter zum Entwässerungsgraben. Ich wollte sehen, ob der andere Schuh vielleicht dort unten lag.

Oder eine Leiche. Es wäre der perfekte Ort, um eine Leiche zu verstecken. Es war aber auch gut möglich, dass jemand mitten in der Nacht gestürzt war und nur einen Schuh verloren hatte. Ich war eine solche Idiotin. Es war ein Schuh. Und ich sah Glaskörperflocken wegen meiner Kataraktoperation.

Ja, ich war eine Idiotin, weil ich riskierte, mir während meiner Erkundungstour das Genick zu brechen. Mit etwas Glück würde ich den anderen Schuh finden. Vielleicht hatten die Schuhe sogar die richtige Größe.

Es war April. Es würde ziemlich viel Wasser im Graben sein. Dem hohen Gras nach zu urteilen wurde diese Stelle nie gemäht. Vermutlich verirrte sich nie irgendjemand hierher. Ich ging den Rand der Böschung entlang und versuchte, die beste Stelle für den Abstieg zu finden. Ich entdeckte ein paar Müllsäcke und eine alte Klimaanlage. Vermutlich waren sie von jemandem hier zurückgelassen worden, der keine Entsorgungsgebühren bezahlen wollte. Dann sah ich eine Spur im Gras, die zu einer Stelle führte, die etwas flacher aussah.

In Gedanken ging ich verschiedene Szenarien durch, während ich vorsichtig die Böschung hinunterkletterte. Es wäre unmöglich gewesen, dies mit Stöckelschuhen zu tun. Ich überlegte, wie weit die Besitzerin des Schuhs wohl gerollt wäre, wenn sie in betrunkenem Zustand gestürzt wäre. Ich stellte mir vor, wie die junge Frau umgeknickt und hingefallen war, als ihr Stöckelschuh in den weichen Boden sank, und dann den Hügel hinuntergerollt und möglicherweise in den Graben gefallen war. Er war nicht sehr tief, aber es wuchs dichter Schilf darin, der bis zum Rand reichte. Wenn sie sich den Kopf an einem Stein angestoßen hatte ...

Ich zögerte und starrte auf meine Schuhe, die mittlerweile völlig durchnässt waren. Es war lächerlich. Ich hatte einen Schatten gesehen. Ich hatte einen Schuh gefunden. Und ich war dabei, mit diesem Schuh in der Hand einen schlammigen, von Unkraut überwucherten Abhang hinunterzuklettern. Meine Schuhe waren vermutlich für immer ruiniert und meine Hose würde ich mindestens einen Tag lang einweichen müssen, um den Schlamm aus dem Saum zu bekommen, aber ich musste es wissen. Ich holte tief Luft, ging weiter und hörte, wie meine Füße bei jedem Schritt mit einem schmatzenden Geräusch im Schlamm versanken.

Nach ungefähr fünf Metern entdeckte ich den zweiten Schuh. Es war ein blauer Lackschuh, das Gegenstück zu dem, den ich in der Hand hielt. Ich bückte mich, um ihn mir anzusehen, traute mich jedoch nicht, ihn aufzuheben. Ich befürchtete, dass ich vornüber in den Graben fallen oder im Schlamm versinken könnte. Es gab noch einen weiteren Grund, warum ich ihn nicht aufheben wollte.

Es war nicht nur ein Schuh. Tief drin wusste ich, dass da noch mehr war. Ich wollte nicht weitermachen. Aber ich würde wohl kaum die Polizei anrufen und sagen können, ich hätte auf einem Parkplatz einen Schatten gesehen und einen Schuh gefunden, der zwischen besagtem Parkplatz und der Schnellstraße gelegen hätte. Die Beamten würden annehmen, es habe ihn jemand als Streich ins Gebüsch geworfen. Ich brauchte mehr als nur einen Schuh und beschloss, trotz meiner Bedenken weiterzumachen.

Da war tatsächlich mehr. Ein paar Schritte weiter lag jemand mit dem Gesicht nach unten im Schilf. Ich hatte genau das gefunden, was ich nicht hatte finden wollen.

**12**

Die Polizei hatte den Entwässerungsgraben und den Parkplatz abgesperrt. Mein Auto war vorübergehend beschlagnahmt worden, zusammen mit dem anderen Beweismaterial. Es standen drei Streifenwagen, ein Krankenwagen und der Wagen des Gerichtsmediziners auf dem Parkplatz. Und der von J.T. Mein Chef ging auf und ab, blieb gelegentlich stehen, blickte die Böschung hinunter und starrte auf die kleinen nummerierten Markierungen und die Leiche, die von einer Plastikplane bedeckt war. Ich konnte den Blick nicht von ihr abwenden.

In den ganzen Jahren als Nachrichtenreporterin hatte ich nie eine Leiche gesehen. Als Eli gestorben war, war ich zwar bei ihm gewesen, aber er war keine Wasserleiche gewesen, die erst Tage später gefunden wurde. Es war entsetzlich. Elis Tod war friedlich und ruhig gewesen. Das konnte man vom Tod dieser Frau nicht behaupten.

„Denken Sie, dass es Caryn ist?", fragte ich J.T.

Er blickte auf die Plane. „Davon gehe ich aus. Blond. Das richtige Alter. In Locust Point wird sonst niemand vermisst."

„Vielleicht ist es jemand von auswärts", sagte ich. „Vielleicht war sie auf der Schnellstraße unterwegs, hat an der Raststätte angehalten und sich betrunken. Dann ist sie die Böschung hinuntergestürzt und ertrunken."

J.T. starrte mich an, als wäre ich verrückt. „Sie hat sich also an der Raststätte betrunken, sechs Fahrspuren überquert, ist durch den Entwässerungsgraben gewatet und zum Parkplatz hochgeklettert, hat dort ihren Schuh verloren und ist auf dem Rückweg gestürzt?"

Okay, er hatte recht. Es ergab überhaupt keinen Sinn. „Sie betrinkt sich an der Raststätte. Sie lernt einen Typen kennen, mit dem sie spät abends hierher auf den Parkplatz fährt, um im Auto Sex zu haben. Sie stürzt in den Graben und ertrinkt, als sie versucht, zur Raststätte zurückzukehren."

J.T. dachte über meine Theorie nach. „Na ja, wenn es so gewesen wäre, müsste der Typ ein ziemliches Arschloch gewesen sein, wenn er Sex mit ihr hatte und sie dann betrunken und alleine auf einem dunklen Parkplatz zurückließ."

In diesem Moment kletterte einer der Hilfssheriffs die Böschung hinauf. „Sieht so aus, als wäre es diese Swanson. In den letzten Tagen war es zwar nicht besonders warm, aber sie lag mit dem Gesicht nach unten im Wasser. Wir warten besser den Bericht des Gerichtsmediziners ab, bevor wir ihre Identität bekanntgeben."

Das bedeutete, dass wir den Mund halten sollten.

J.T. schüttelte den Kopf. „Ich möchte sicherheitshalber Craig Walsh Bescheid sagen. Sie wurde am Freitagmorgen gegen Kaution freigelassen und ist am Samstagnachmittag nicht zu einem Treffen mit ihm erschienen. Wenn es tatsächlich Caryn Swanson ist, die da unter der Plane liegt, würde es den Zeitraum eingrenzen, in dem sie gestorben ist."

Der Hilfssheriff zuckte mit den Schultern. „Das kann nicht schaden. Ich werde die Identifizierung vorantreiben, dann können wir allen Bescheid sagen. Mittlerweile weiß bestimmt schon die ganze Stadt, dass wir eine Leiche gefunden haben."

Wir blickten alle zur Überführung hinüber, auf der Autos geparkt waren und Leute Schlange standen, die gafften und mit ihren Handys Fotos machten. Ja, unser kleines Städtchen war tatsächlich in Aufruhr. Zuerst wurde eine Bordellwirtin verhaftet und jetzt lag eine Leiche hinter dem MegaMart.

„Glauben Sie ..." Ich wollte die Antwort auf diese Frage nicht wirklich hören, aber ich war neugierig. „Glauben Sie, dass es ein Unfall war, oder, dass sie ermordet wurde?"

Das Gesicht des Hilfssheriffs wurde plötzlich völlig ausdruckslos. Es war das beste Pokerface, das ich je gesehen hatte. „Keine Ahnung. Wir müssen den Bericht des Gerichtsmediziners abwarten."

Das bedeutete, dass er einen Mordfall vermutete. Ich nahm auch an, dass es Mord gewesen war, obwohl man nicht ausschließen konnte, dass die Frau betrunken den Hügel hinuntergestürzt und ertrunken war. Aber wenn es so gewesen war, wo stand dann ihr Auto? War sie zu Fuß hierhergekommen? Es gab keinen Ort in der Nähe, von dem aus sie hierher gelaufen sein konnte. Entweder war sie in diesen hübschen blauen Lackschuhen von der Raststätte, die eine Meile entfernt lag, zur Überführung und dann hierher gelaufen - oder sie hatte ihr Auto irgendwo auf dem MegaMart-Parkplatz abgestellt. Aber warum in aller Welt war sie hier hinten gelandet, wenn sie vor dem Einkaufszentrum geparkt hatte?

Der Gedanke gefiel mir zwar nicht, aber es konnte sich nur um einen Mordfall handeln. Und mir fiel nur ein einziger Grund ein, warum jemand Caryn Swanson ermorden würde:

Das kleine schwarze Buch.

**13**

———

Ich machte mich auf den Heimweg und wollte von zu Hause aus weiterarbeiten. Die Backzutaten und das Schweinefilet hatte ich völlig vergessen, aber ich war ohnehin nicht besonders hungrig. Als ich zu Hause ankam, zog ich die Akten aus meiner Aktentasche und starrte auf Caryns Mappe. Mord. Es musste Mord gewesen sein.

Wenn das schwarze Buch eine verräterische Kundenliste enthielt, die der Schlüssel dazu war, würden wir es vielleicht nie finden. Den Mord an Caryn Swanson musste jemand begangen haben, der auf dieser Liste stand. Jemand, der nicht entlarvt werden wollte. Entweder war er im Besitz des Buches oder hatte es an einem Ort versteckt, wo wir es nie finden würden.

Aber nur, weil das Buch nicht zum Vorschein gekommen war, hieß das noch lange nicht, dass ich ihre Kunden nicht auch auf andere Weise aufspüren konnte.

Ich rief mehrere Internetseiten auf, die Dating-Bereiche enthielten. Ich wusste, dass interessierte Parteien trotz zunehmender Regulierung immer einen Weg fanden, auf solchen Seiten Prostituierte beider Geschlechter aufzulisten und zu suchen. Ich grenzte die Suche anhand der Postleitzahl ein und ging die Ergebnisse durch. Als ich die Bilder sah, hätte ich mir die Augen am liebsten mit Bleichmittel ausgewaschen. Es war offensichtlich, dass man für einen bestimmten Preis - der jedoch nie explizit genannt wurde - so ziemlich alles haben konnte, was das Herz begehrte. Ich notierte die Benutzeridentifizierungen der Einträge, die am vielversprechendsten aussahen. Ich war keine Hackerin und ohne Durchsuchungsbefehl würde ich nicht herausfinden können, wem diese Benutzeridentifizierungen gehörten, aber da war noch etwas anderes, das ich mir ansehen konnte. Vier der zehn Einträge verwiesen auf Webseiten. Sie waren zwar nichts Besonderes, aber es würde reichen. Ich kopierte die Adressen der Webseiten und suchte die entsprechenden IP-Adressen heraus. Keine der vier Adressen befand sich in der Nähe von Locust Point. Ich bezweifelte, dass Caryn Swanson ihre Website zwei Stunden entfernt betrieben hatte, und beschloss, mich auf die anderen sechs zu konzentrieren.

„Es führen viele Wege zum Ziel", murmelte ich und schickte allen sechs eine Nachricht, die so aussah, als wäre sie von einem potenziellen Kunden verfasst worden. Von zwei der Adressen erhielt ich eine automatische Antwort. Ich kopierte die IP-Adressen aus der Kopfzeile und schlug nach, wem sie gehörten und wo sie sich befanden.

Tatsächlich, eine davon war in Locust Point. Ich notierte die Informationen und speicherte einen Screenshot der Anzeige auf der Dating-Seite, dann lehnte ich mich in meinem Stuhl zurück. Als Nächstes würde ich Suchmaschinenanalysen verwenden, um herauszufinden, welche Webseiten diese IP-Adresse besucht hatte. Vielleicht würde ich so an weitere Informationen gelangen. Vermutlich würde ich herausfinden, dass Caryn Swanson online

Schuhe gekauft oder medizinische Webseiten nach einer Anleitung zur Warzenentfernung durchsucht hatte. Es würde allerdings bis zum nächsten Tag warten müssen. Ich war müde. Eine Leiche zu finden hatte mir ziemlich viel abverlangt.

Als ich die Akte wegräumen wollte, fiel mir ein Zettel in den Schoß. *David Briscane.* Der Sohn des Bürgermeisters. Ich war todmüde und nach den Missetaten dieses Kerls zu forschen hatte keine Priorität, aber ich konnte es nicht lassen, wenigstens die staatlichen Fälle abzufragen.

Ach du meine Güte. Der arme Bürgermeister Briscane. Es sah so aus, als hätte sein Sohn ziemlich viele Schulden, wie ich den anhängigen Zivilklagen und Gerichtsurteilen entnehmen konnte. Außerdem hatte er eine Anklage wegen Trunkenheit am Steuer am Hals. Ich schloss den Browser und schaltete den Computer aus. Unser Bürgermeister tat mir fast ein bisschen leid. Sein Sohn war zweifellos in der Stadt, weil er Geld brauchte. Es war zwar traurig, aber Locust Point hatte im Moment größere Probleme als den verkommenen Sohn des Bürgermeisters.

Ich ordnete die Notizen zu Caryn Swansons Fall und gerade, als ich die Akte wieder in die Aktentasche gesteckt hatte, kam Richter Beck mit seinen beiden Kindern im Schlepptau durch die Tür. Eigentlich waren es drei, wenn man das Mädchen mitrechnete, das ich noch nie zuvor gesehen hatte. Madison sagte kein Wort und ging mit gesenktem Kopf die Treppe hinauf. Vermutlich direkt in ihr Zimmer. Das Mädchen folgte ihr. Henry zögerte, blickte zum Esstisch und sah seiner Schwester nach. Er beschloss, ihr zu folgen und ging ebenfalls die Treppe hinauf.

Ich sah ihnen hinterher, kaute auf meiner Unterlippe herum und fragte mich, ob Madison Beck jemals wieder mit mir sprechen würde. Es war nicht meine Schuld, dass sie in

Schwierigkeiten steckte, aber ich war diejenige, die das Foto entdeckt und es ihrem Vater gezeigt hatte. Vermutlich gab sie mir an allem die Schuld. Ich hoffte, dass sie bald darüber hinwegkommen würde, sonst würden es zwei lange unangenehme Jahre für uns beide werden.

## 14

Richter Beck blieb ein paar Minuten im Flur stehen und wartete, bis seine Kinder das Obergeschoss erreicht hatten. Dann kam er zu meinem Arbeitszimmer und blieb in der Tür stehen. Er stellte Augenkontakt her und ich wusste, dass er reden wollte. Das wollte ich auch. Ich ging in die Küche und er folgte mir. Ich nahm, ohne ihn zu fragen, zwei Weingläser aus dem Schrank und öffnete die Flasche Pinot Grigio, die von meinem kleinen Wochenendgelage mit Daisy übrig geblieben war.

„Sie hat eine Woche Hausarrest. Wenn es irgendwelche Hausarbeiten gibt, bei denen sie Ihnen helfen kann, werde ich sie gerne als Bestrafung hinzufügen. Sie wird vermutlich eine Weile lang miesepetrig sein, aber sie wird darüber hinwegkommen."

Ich reichte ihm ein Glas Wein. „Ich habe heute eine Leiche gefunden."

Ihm fiel die Kinnlade herunter. „Wie bitte? Ich muss mich wohl verhört haben, ich habe verstanden, sie hätten eine Leiche gefunden."

Ich nickte. „Sie haben richtig gehört. Eine Leiche. Im Entwässerungsgraben hinter dem MegaMart-Parkplatz, gleich neben der Schnellstraße. Sie hat schon ein paar Tage im Wasser gelegen. Sie wurde noch nicht identifiziert, aber wir vermuten, dass es Caryn Swanson ist."

Richter Beck starrte mich einen Moment lang an, trank in einem Zug seinen Wein aus und hielt das leere Glas vor mich hin. Ich füllte es wieder auf. „Eigentlich sollte ich niemandem etwas davon erzählen, aber Sie sind Richter. Ich weiß, dass Sie es für sich behalten werden. Ich *musste* es jemandem erzählen. Ich mag Daisy wirklich gerne, aber wenn ich es ihr erzählen würde, wüsste innerhalb von fünf Minuten die ganze Stadt Bescheid."

Er stellte sein Weinglas hin und rieb sich das Gesicht. „Wie haben Sie sie gefunden?"

Wie sollte ich ihm das bloß erklären, ohne zu erwähnen, dass ich entweder verrückt wurde oder etwas mit meiner Sehkraft nicht stimmte? „Ich parke immer dort hinten, damit ich etwas Bewegung bekomme. Ich habe im Gestrüpp am Rand des Parkplatzes einen Schuh entdeckt – einen eleganten Schuh, der aussah, als hätte er noch nicht lange dort gelegen. Dann bin ich die Böschung hinuntergeklettert und zum Entwässerungsgraben gegangen, um zu sehen ..." Verdammt, das klang nicht wie etwas, das eine vernünftige Frau tun würde. „... ob ich den anderen Schuh finden würde."

Er starrte mich an. „Sie sind einen felsigen, von Dornbüschen bewachsenen Abhang hinuntergeklettert und durch den Schlamm zum Entwässerungsraben gewatet, um zu sehen, ob dort ein Schuh liegt? Wie elegant war der Schuh denn? Reden wir von einer Marke, die sechshundert Dollar kostet?"

Ich klang wie eine Vollidiotin. „Nein, er war einfach

elegant. Ein Schuh, den man nicht einfach so am Rand eines Parkplatzes ins Gestrüpp wirft. Das Gras war zertrampelt und es hat ausgesehen, als wäre dort ein Pfad. Ich dachte, dass vielleicht jemand den Hügel hinuntergestürzt war und Hilfe brauchte." Da. Das klang viel besser als die blöde Schuhsuche.

„Kay, was haben Sie sich dabei gedacht? Früher haben dort Obdachlose gewohnt. Es hätte Sie jemand überfallen können. Sie hätten stürzen und sich das Genick brechen können."

„Es war helllichter Tag und ich hatte freie Sicht auf die Schnellstraße. Die Obdachlosen sind verschwunden, als der MegaMart gebaut und die Bäume gefällt wurden. Außerdem waren es Obdachlose und keine Schläger. Falls ich gestürzt wäre, hätte ich mein Handy dabeigehabt. Ich bin schließlich keine alte Frau, die durch die Gegend humpelt. Ich mache jeden Tag Spaziergänge und Yoga-Übungen." Ich konnte verstehen, dass er immer noch sauer war, weil Madison sich zu einer Party geschlichen hatte, aber *ich* war nicht seine minderjährige Tochter, um die er sich Sorgen machen musste. Hatte er Heather auch so behandelt? Wenn ja, konnte ich verstehen, warum sie sich von ihm scheiden lassen wollte.

„Tut mir leid. Ich hatte heute einen Fall, in dem es um häusliche Gewalt ging. Dazu kommt die Geschichte mit Madison. Im Moment kommt mir vermutlich alles viel zu gefährlich vor." Er starrte auf die Weinflasche und schien zu überlegen, ob er noch mehr trinken oder es bei dem einen Glas belassen sollte, das er in einem Zug geleert hatte. „Stand ihr Auto auch da hinten? War es eine Überdosis? Selbstmord? Ein Unfall in betrunkenem Zustand?"

„Ihr Auto war nirgends zu sehen und ich gehe davon aus, dass sie keinen Ausweis bei sich trug, wenn die Polizei sie immer noch nicht identifiziert hat. Sie haben uns nicht gesagt, was die Todesursache war, aber ich vermute, dass es Mord war."

Das veranlasste ihn, wieder nach seinem Weinglas zu greifen. Zum Glück trank er es langsam. „Mord? Wie kommen Sie denn darauf? Sie war beschuldigt worden, einen kleinen Prostitutionsring betrieben zu haben, und auf Kaution freigelassen worden. In diesem Fall gab es nichts, das auf Mordgefahr hingedeutet hätte. Wenn es so gewesen wäre, hätte Walsh es bei der Kautionsverhandlung zur Sprache gebracht."

„Sie wollte ihre Kundenliste nicht herausrücken, obwohl ihr das sehr wahrscheinlich zu einer reduzierten Strafe oder vielleicht sogar nur zu einer Bewährungsstrafe verholfen hätte."

Er zuckte mit den Schultern. „Vielleicht hat sie sich einen besseren Deal erhofft. Walsh war immer noch mit der Staatsanwaltschaft am Verhandeln."

Ich schüttelte den Kopf. „Walsh hatte kein Gegenangebot. Er hat einfach darauf bestanden, dass sie unschuldig sei."

„Dann waren es Drogen. Sie hat sich einen Schuss gesetzt, hat das Bewusstsein und einen Schuh verloren und ist die Böschung hinuntergerollt. Entweder ist sie an einer Überdosis gestorben oder ertrunken."

„Sie hat keine Drogen genommen. Es gab nicht einmal Gerüchte darüber und Sie wissen ja, wie klein unsere Stadt ist. Sie war sauber, als sie verhaftet wurde. Sie können mir nicht erzählen, dass sie gegen Kaution freigelassen wurde und dann plötzlich aus heiterem Himmel beschlossen hat, sich ganz alleine irgendwo auf einem Parkplatz einen Schuss zu setzen?"

„Nicht alleine. Deshalb war ihr Auto nicht da. Der

Junkie, der bei ihr war, hat alles gesehen und ist abgehauen."

Du lieber Himmel. „Ein Junkie hätte wahrscheinlich einfach gelacht, als sie den Hügel hinunterrollte, und wäre dann in ihrem Auto eingenickt. Sie hätte am Samstagnachmittag ihren Anwalt treffen sollen und ist nicht aufgetaucht. Sie ist am Freitag aus dem Gefängnis entlassen worden und vermutlich in dieser Nacht gestorben. Das kann kein Zufall gewesen sein."

Er trank einen weiteren Schluck Wein. „Solche Zufälle gibt es. Sie feiert, dass sie freigelassen wurde, trinkt zu viel, stürzt in den Graben und ertrinkt."

Ich hätte ihn am liebsten geschüttelt. Mit beiden Händen. „Sie meinen also, dass eine erfolgreiche Partyplanerin, anstatt mit ihren Freunden in eine Bar zu gehen, zu einem abgelegenen Parkplatz fährt, sich betrinkt, stürzt und stirbt? Und die leere Flasche und ihr Auto lösen sich auf mysteriöse Weise in Luft auf?"

„Sie wurde nicht ermordet. Das ist eine verrückte Theorie, Kay. Und wir wissen noch nicht einmal, ob es tatsächlich Caryn Swanson ist. Die arme tote Frau könnte genauso gut eine Nutte gewesen sein, die nach einem Schäferstündchen auf dem Parkplatz rausgeschmissen wurde und versucht hat, eine Abkürzung zur Schnellstraße zu finden."

Das hatte J.T. auch vermutet, aber ich wusste es besser. „Mord. Caryn Swanson. Lassen Sie uns darauf wetten."

Ich erschrak, als ich meine eigenen Worte hörte. Eine Wette über die Identität und Todesursache einer Frau abzuschließen, die ihr Leben verloren hatte, war gefühllos. Richter Beck musste aufgrund seines Berufs, bei dem er jeden Tag Kriminelle sah, ziemlich abgestumpft sein, denn er schien sich nicht über meinen äußerst unangebrachten Wettvorschlag zu wundern.

„Also gut. Wenn Sie gewinnen, koche ich das Abendessen. Wenn ich gewinne, müssen Sie am Wochenende an meiner Stelle mit Madison Klamotten einkaufen gehen."

Ich dachte an die Cheeseburger vom Vorabend und fand, dass ein Abendessen nicht unbedingt ein gerechter Einsatz war, aber ich würde nicht nein sagen. Und wenn ich die Wette verlieren sollte, war es auch kein wirklicher Verlust. Mir gefiel der Gedanke nicht, dass Caryn Swanson ermordet worden war, und mit Madison einkaufen zu gehen würde bestimmt Spaß machen. Wenn sie bis dahin wieder mit mir redete.

„Einverstanden."

Kaum hatten wir angestoßen, um die Wette zu besiegeln, summte mein Handy. Ich sah auf den Bildschirm und drehte das Handy, damit Richter Beck die SMS lesen konnte.

Es war Caryn Swanson. Sie war erdrosselt worden.

Ich hatte gerade eine Wette gewonnen. Eine Wette, die Übelkeit in mir erzeugte. In unserem verschlafenen Städtchen gab es nicht nur einen Prostitutionsring, es gab auch einen Mörder.

## 15

Am nächsten Morgen tranken Daisy und ich nach dem Morgen-Yoga unseren Kaffee und aßen die letzten Plätzchen. Ich hatte weder Backzutaten noch einen Schweinebraten eingekauft. Ich würde heute einkaufen müssen, würde jedoch zu einem anderen Laden fahren, damit ich nicht an die Ereignisse des gestrigen Tages erinnert wurde. Obwohl ich ohnehin an nichts anderes denken konnte. Wenn ich einfach woanders parkte, würde ich vielleicht nicht an die Leiche denken, die mit dem Gesicht nach unten im Graben gelegen hatte. Ihr blondes Haar war ganz zerzaust und voller Schilfblüten gewesen.

Richter Beck hatte am Vorabend angeboten, seine Pizza mit mir zu teilen, aber ich hatte abgelehnt. Ich wollte den Abend alleine verbringen und hatte mich mit einem Roman in der Handtasche aus dem Haus geschlichen und war erst wiedergekommen, als sich schon alle in den oberen Stock zurückgezogen hatten. Herr Glaskörperflocke war wieder da. Ich konnte ihn aus dem Augenwinkel sehen, als würde er neben mir am Tisch sitzen, wenn ich zu Abend aß, und mich von der anderen Seite des Zimmers aus beobachten, wenn ich mich bettfertig machte. Anstatt wie üblich lästig zu sein, hatte sich seine schattenhafte Präsenz irgendwie tröstend angefühlt. Ich hatte sogar das Gefühl, dass er mir half, nach der ganzen Aufregung der letzten Tage durchzuschlafen.

Richter Beck schien sich früh morgens in die Küche geschlichen und eine Tasse Kaffee getrunken zu haben, bevor ich aufgestanden war. Von ihm und den Kindern fehlte jedoch jede Spur.

Die arme Frau war tot. So jung. Sie hatte ihr ganzes Leben vor sich gehabt. Selbst wenn sie schuldig gewesen wäre, sie hätte sich wieder erholt. Nach ein paar Jahren wäre Gras über die ganze Sache gewachsen, genauso wie damals, als Jess Bart zum dritten Mal wegen Trunkenheit am Steuer verhaftet worden war, oder als Billy Cowdens wegen Erregung öffentlichen Ärgernisses zur Verantwortung gezogen wurde, weil er in den Rathausbrunnen gepinkelt hatte. Die junge Frau hatte jedoch nicht nur ein vorübergehendes Problem, sie war tot. Vor meinem geistigen Auge sah ich immer noch ihre Leiche.

Nach unserer entspannenden Yoga-Stunde dauerte es nicht lange, bis Daisy mich an die ganze Sache erinnerte.

„Hast du heute Morgen die Zeitung gelesen? Unglaublich, nicht wahr? Was glaubst du, wer der Mörder ist?" Daisy las immer Online-Nachrichten, bevor sie vorbeikam. Da meine Zeitung noch nicht geliefert worden war, hatte ich die Nachrichten noch nicht gelesen, wusste jedoch trotzdem, wovon sie sprach.

„Ja. Vielleicht war es einer ihrer Kunden, der nicht entlarvt werden wollte."

„Ich habe gehört, sie habe ihr schwarzes Buch nicht

aushändigen wollen. Denkst du, sie hat ihn erpresst? Das wäre ein guter Grund, sie zu töten. Vermutlich hat sie ihre Kundenliste nicht ausgehändigt, weil sie nicht auf das Erpressungsgeld verzichten wollte."

Wow. Daisy hatte genau dieselben kranken Gedanken wie ich. „Vielleicht hat sie ihn erpresst und sich am Freitagabend mit ihm getroffen, um ihm zu sagen, dass sie die Liste aushändigen musste. Erpressungsgeld nützt im Gefängnis nicht viel und ich habe gehört, dass ihr eine sehr vorteilhafte Kronzeugenregelung angeboten wurde."

„Das bringt eine zum Nachdenken", sagte Daisy und trank einen Schluck Kaffee. „Warum war die Polizei so scharf auf diese Kundenliste? Sie hätte ihr bestimmt zu einer verkürzten Haftstrafe verholfen, aber es muss noch einen anderen einen Grund geben, warum sie die Person, die sie erpresst hat, nicht entlarvt hat. Vielleicht war es jemand, den die Polizei unbedingt wollte, deshalb haben sie ihr diese Kronzeugenregelung angeboten."

Das brachte mich *tatsächlich* zum Nachdenken. Vielleicht waren sie hinter einem Mörder her, der Prostituierte ermordet hatte, und Caryns schwarzes Buch enthielt wichtiges Beweismaterial. Es war völlig plausibel, dass jemand, der einen oder mehrere Morde begangen hatte und sie vertuschen wollte, kein Problem damit haben würde, die Person zu töten, die ihn entlarven konnte.

Daisy ging. Ich machte mich fertig für die Arbeit und als ich die Treppe herunterkam, geriet ich mitten in die chaotischen Vorbereitungen für den kommenden Schultag. Rucksäcke. Lunch-Pakete. Henry musste das tragbare Spielsystem, das er in seiner Manteltasche aus dem Haus schmuggeln wollte, wieder nach oben tragen. Madison musste wieder in ihr Zimmer gehen und sich umziehen.

Das T-Shirt, das sie trug, war viel zu kurz. Was man ihr nicht wirklich übelnehmen durfte. Sie war groß und schlank und ich vermutete, dass die meisten T-Shirts, die sie kaufte, zu kurz waren.

Ich schnappte mir meine Aktentasche und warf Richter Beck einen Blick zu. „Ich gehe am Samstag mit ihr einkaufen. Vielleicht finden wir ein paar längere T-Shirts."

Die Anspannung in seinen Schultern ließ nach. „Danke. Wenn Sie das übernehmen, lade ich Sie heute Abend zum Essen ein und wir vergessen den Nudel-Wurst-Auflauf, den ich machen wollte."

„Steak?", fragte ich hoffnungsvoll.

Er beobachtete, wie Madison die Treppe hinunterstapfte und die Arme hochhielt, um zu demonstrieren, dass das T-Shirt ihren Bauch bedeckte. „Steak. Und Champagner. Und Dessert nach Wahl. Es ist das Mindeste, das ich tun kann, wenn Sie mit ihr einkaufen gehen."

Als ich im Büro ankam, fiel mir auf, dass J.T. ziemlich übernächtigt aussah. Sein Hemd war zerknittert und sein Kinn und seine Glatze waren von Stoppeln geziert. Er sah von seinem Computer auf und schenkte mir ein müdes Lächeln. „Ein Mörder in Locust Point."

„Ja." Ich wusste nicht, was ich sagen sollte. Bisher hatten wir eigentlich nur mit Überdosen und Unfällen zu tun gehabt. Manchmal auch mit Autounfällen unter Alkoholeinfluss, die tödlich endeten - und mit einer Anklage wegen Totschlags. Das war so ziemlich alles gewesen. In Locust Point brachten sich die Leute nicht gegenseitig um. Ich hoffte, dass so etwas nie wieder passieren würde.

„Hier." Ich reichte ihm die Akte, die ich am Vorabend mit nach Hause genommen hatte. „Ich habe weitere Nachforschungen über Caryn Swanson angestellt. Ich glaube, ich habe die Dating-Seite und die Anzeige gefunden, die sie für ihr Prostitutionsgeschäft verwendet hat. Die Polizei sollte aufgrund des Verlaufs weitere Informationen auf ihrem Computer oder Handy finden können."

„Danke." J.T. nahm die Akte und sah sie durch. „Ich habe mit dem zuständigen Ermittler gesprochen. Sie durchsuchen ihr Haus, aber ihr Auto ist nicht da. Ich nehme an, sie ist irgendwohin gefahren, um sich mit einem Kerl zu treffen, der ihre Leiche später in den Graben geworfen hat. Sie wurde nicht dort umgebracht."

Das ergab einen Sinn. Und brachte mich zum Nachdenken. Wo war ihr Auto? Es musste irgendwo in der Nähe sein, ich konnte mir nicht vorstellen, dass jemand, der eine Leiche in seinem oder Caryns Auto gehabt hatte, das Risiko eingegangen wäre, lange mit ihr herumzufahren. Waren ihre Handtasche und ihr Handy noch in ihrem Auto oder hatte der Mörder sie mitgenommen?

„Was steht heute auf meinem Plan?" Es gab etwas, das ich ausprobieren wollte, aber die bezahlte Arbeit kam zuerst.

„Zwei gepfändete Autos, die Sie für mich aufspüren müssen, und ein weiterer CreditCorp-Schuldner."

Ich nahm die Akten entgegen, die J.T. mir reichte. Diese Fälle würden mich bis abends beschäftigt halten. Zwei gepfändete Autos. Vielleicht konnte ich noch ein paar andere Nachforschungen betreiben, während ich sie aufspürte, und mir am Nachmittag ein bisschen Zeit nehmen, um zu sehen, ob es geklappt hatte.

„Wird erledigt", sagte ich zu JT. „Ist es in Ordnung, wenn ich eine lange Mittagspause einlege und zum MegaMart fahre? Wenn ich bis um fünf nicht fertig bin, erledige ich den Rest von zu Hause aus."

J.T. zuckte mit den Schultern. „Klar, kein Problem. Falls

Sie bei diesem Entwässerungsgraben herumschnüffeln wollen, er ist immer noch abgesperrt."

Mir schauderte beim Gedanken daran. „Nein, ich muss nur Backzutaten und ein paar andere Dinge einkaufen."

Und bei der Raststätte vorbeigehen - aber davon brauchte J.T. nichts zu wissen.

## 16

Der CreditCorp-Fall war kompliziert, deshalb legte ich ihn für später zur Seite und konzentrierte mich auf die gepfändeten Autos. Ich schämte mich fast dafür, dass ich gerne an solchen Fällen arbeitete. Vielleicht war J.T. mit seiner Vorliebe für Drama und altmodische Ermittlungsarbeit nicht alleine; Fahrzeuge aufzuspüren gehörte eigentlich nicht zu normaler Zielfahndungsarbeit. Diese Leute wussten genau, dass ihre Autos gepfändet waren, und unternahmen alle möglichen Anstrengungen, um sie zu verstecken. Manchmal bei Freunden zu Hause. Manchmal tauschten sie die Nummernschilder aus. Manchmal lackierten sie sie neu und nahmen kosmetische Veränderungen vor, um sie unerkenntlich zu machen. Mir blieb nichts anderes übrig, als die Orte aufzulisten, an denen sie sein konnten, und alle Strafzettel zu notieren. Dann musste J.T. losziehen und sich die Fahrzeug-Identifizierungsnummern auf den Windschutzscheiben ansehen.

Es war kurz vor drei, als ich mit den beiden Pfändungsfällen fertig war und mich darauf konzentrierte, Caryn Swansons Auto ausfindig zu machen. Eine Kopie der Zulassung hatte ich bereits und ein aktuelles Bild einer Verkehrskamera bestätigte die Marke, das Modell und das Nummernschild. Es war ihr einziges Auto und sie hatte keinen Grund gehabt, das Nummernschild auszutauschen. Ich notierte die Information, schob die CreditCorp-Akte in meine Aktentasche und schloss das Büro ab.

Obwohl ich es besser hätte wissen sollen, fuhr ich zum Hinterhof des MegaMart, starrte auf das Absperrband und ließ in Gedanken die Ereignisse vom Vortag Revue passieren. Dieses Mal sah ich keinen unheimlichen Schatten und es wurde nicht plötzlich kalt. Ich sah auch keinen blauen Schuh, nur eine Wiese voller Unkraut, die zu einem Graben führte, der mit Schlamm und Wasser gefüllt war. Er war mit einem gelben Plastikband abgesperrt.

Ich bekam Gänsehaut und beschloss, zur Vorderseite des Einkaufszentrums zu fahren und den Wagen dort abzustellen. Als ich wieder aus dem Laden kam, hatte ich genug Mehl, Zucker, Butter, Schokolade und Gewürze in meinen Einkaufstüten, um eine Hausbäckerei zu eröffnen. Ich hatte auch getrocknete Früchte, frische Äpfel, Orangen und drei Zucchini eingekauft. Ich freute mich so sehr darauf, wieder zu backen, dass ich gar nicht wusste, was ich zuerst zubereiten sollte. Ich stellte mir einen Gefrierschrank voller Muffins, Plätzchen und Kuchen vor. Und eine Speckrolle auf den Hüften.

Als ich alles im Auto verstaut hatte, machte ich einen kurzen Abstecher zur Raststätte. Im Gegensatz zum Mega-Mart war der Laden hier rund um die Uhr geöffnet und der Parkplatz immer voll. Ein verlassenes Auto würde wahrscheinlich wochen- wenn nicht monatelang von niemandem bemerkt werden. Ich fuhr auf dem Parkplatz herum und fand schließlich, was ich suchte, als ich den hinteren Teil erreichte. Hier parkten die großen LKWs, wenn die Fahrer ein Nickerchen machen wollten, ohne von den Leuten gestört zu werden, die die Bar, den Laden oder die Zapfsäulen besuchten.

Da stand er, ein roter Mazda der neuesten Bauart, mit dem Nummernschild, das auf Caryn Swanson registriert war. Um sicherzugehen, stieg ich aus, spähte durch die Windschutzscheibe und verglich die Fahrzeug-Identifizierungsnummern. Es war ihr Auto. Es war von einer Schicht gelber Pollen bedeckt, was im März, wenn alle Bäume blühten, normal war, wenn man es länger als einen Tag stehen ließ. Am Rückspiegel hingen Mardi-Gras-Plastikketten. An der Steckdose am Armaturenbrett war ein Handy-Ladegerät angeschlossen. Am Boden auf der Beifahrerseite lag eine Handtasche, deren Riemen unter dem Sitz hervorragte.

„Dieses Auto steht schon seit dem Wochenende hier." Der Mann, der auf mich zukam, trug ein grünes Poloshirt mit dem Logo einer Tür- und Fensterfirma. Sein langes, bauschiges Haar war zu einem Pferdeschwanz zusammengebunden und er trug einen Vollbart, der mehrere Zentimeter lang war.

„Wissen Sie, wann es hier abgestellt wurde und wer es gefahren hat?"

Er schüttelte den Kopf. „Nein. Als ich am Samstagabend hierhergekommen bin, um Dart zu spielen, stand es schon da. Normalerweise parke ich nicht hier, aber an diesem Abend hatte ich den Kastenwagen von der Arbeit."

„Denken Sie, dass vielleicht sonst jemand den Fahrer gesehen hat?"

„Vermutlich nicht. Hier hinten parken die großen LKWs.

Sie bleiben ungefähr sechs Stunden stehen und ziehen dann weiter. Wenn jemand gesehen hat, wer das Auto gefahren hat, ist er schon lange weg."

Ich starrte durch die Windschutzscheibe auf den Riemen der Handtasche. Dann zückte ich mein Handy und rief die Polizei. Vielleicht würden sie hier etwas finden, das sie zu Caryns Mörder führen würde.

„Seltsamer Ort, um ein Auto zu parken." Der Typ kratzte sich am Kinn. „Meistens parken hier nur LKW-Fahrer, die ein Nickerchen machen wollen, aber manchmal kommen auch Leute hierher, die nicht gestört werden wollen. Wenn man hinter einem Sattelschlepper parkt, sieht einen von der Straße aus keiner. Die Fahrer schlafen alle und sonst verirrt sich niemand hierher. Das Licht ist schwach und wenn die Paare leise sind, bekommt niemand etwas mit."

Ich fragte mich, ob Caryn Swanson hier ihrem Mörder begegnet war. Ich konnte mir nicht vorstellen, dass eine Frau sich eine schwach beleuchtete, wenig befahrene Ecke eines Parkplatzes aussuchen würde, um sich mit jemandem zu treffen, aber vielleicht hatte sie es getan, um nicht gesehen oder belauscht zu werden. Vielleicht hatte sie gehofft, dass die paar LKW-Fahrer, die hier schliefen, sie gehört hätten, wenn sie um Hilfe gerufen hätte.

„Da hinten liegen tonnenweise Kondome", fügte der Typ hinzu. „Die LKW-Fahrer beschweren sich die ganze Zeit darüber, aber das Personal macht sich nicht die Mühe, sie wegzukehren."

Igitt. Hier würde ich auch nicht kehren wollen. Pfui.

Ich dankte dem Mann für seine Hilfe und gab der Polizei den Standort des Autos durch. Es fühlte sich irgendwie enttäuschend an, als hätte ich etwas Wichtiges übersehen. Mir schossen tausend Gedanken durch den Kopf. Hatte Caryn einen ihrer Kunden erpresst? War es ein

Prominenter gewesen oder jemand, der bei einer Scheidung viel verlieren würde – so viel, dass er einen Mord begehen würde, damit sein Geheimnis unentdeckt blieb? Warum hatte Caryn sich hier mit ihm getroffen? Und warum in aller Welt hatte sie sich überhaupt mit ihm getroffen?

**17**

---

„Mrs. Carrera?"

Es war fast Zeit fürs Abendessen. Ich wollte den CreditCorp-Fall unbedingt abschließen, bevor wir uns auf den Weg zum Steak-Restaurant machten. Ich wollte mein Abendessen genießen, ohne an irgendwelche Zielfahndungsspuren denken zu müssen.

Ich sah auf und erblickte das Mädchen, das bereits am Vortag mit Richter Beck und den Kindern zusammen nach Hause gekommen war. Sie hatten etwas von einem gemeinsamen Projekt gesagt und diesmal waren die Mädchen im Esszimmer geblieben. Es lagen Plakate, Bücher und zwei Laptops auf meinem Esstisch.

„Ja, was gibt's?" Ehrlich gesagt war ich froh, dass meine vergeblichen Bemühungen, Richard Gibson ausfindig zu machen, unterbrochen wurden.

Sie kaute auf ihrer Unterlippe herum und betrat das Zimmer. Das Mädchen hatte dunkelbraune Locken und golden schimmernde Haut, was eindeutig auf gute Gene zurückzuführen war und nichts mit der schwachen Märzsonne zu tun hatte. Sie hielt einen gefalteten Zettel in der Hand.

„Ich bin Chelsea Novak, Madisons Freundin. Und ... hier."

Ich nahm den Zettel, den Chelsea mir hinstreckte, während sie von einem Fuß auf den anderen trat. „Sydney Vaughn", stand darauf. Und eine Telefonnummer. Ich sah das Mädchen fragend an.

„Ähm, meine Schwester Leah wollte, dass ich Ihnen den Zettel gebe." Sie blickte nervös zum Esszimmer hinüber und sprach leise weiter. „Ich habe großen Ärger bekommen, weil ich zu dieser Party gegangen bin. Leah hat noch viel mehr Ärger bekommen, weil sie mich mitgenommen hat, aber Sydney ist ihre beste Freundin und sie hat Angst."

„Leah hat Angst? Oder Sydney?" Und Angst wovor? Dass ihr das Handy weggenommen werden könnte? Waren ihre Eltern so streng, dass sie Angst davor hatte, bestraft zu werden?

„Sydney. Sie ..." Chelsea blickte wieder zum Esszimmer hinüber und begann zu flüstern. „Sydney war eines der Mädchen. Sie wissen schon, die Mädchen, die ... Sachen gemacht haben. Für Geld."

Obwohl die Aussage sehr vage war, wusste ich sofort, was sie damit meinte. „Sydney war eines der Mädchen, die für Caryn Swanson gearbeitet haben?"

Chelsea nickte.

„Hat Leah auch für Caryn Swanson gearbeitet?"

„Nein!" Chelsea starrte mich entsetzt an. „Ich meine, sie hat drüber nachgedacht, weil sie viel Geld verdient hätte, aber die Typen wollten komische Sachen und Leah fand das ekelhaft." Sie sah auf ihre Hände hinab und faltete sie. „Bitte sagen Sie niemandem etwas davon. Nicht einmal Madison weiß es. Sydney ist Leahs beste Freundin und sie würde unser Haus nie wieder betreten dürfen, wenn meine Eltern etwas davon erfahren. Und sie will nicht, dass sich herumspricht, dass sie solche Dinge getan hat."

Das konnte ich gut verstehen. So etwas konnte den Ruf einer jungen Frau für den Rest ihres Lebens ruinieren. Selbst wenn sie Locust Point verlassen würde, ihre skandalöse Vergangenheit würde sie irgendwann einholen.

„Warum erzählst du mir davon? Wovor hat Sydney Angst?"

Ich vermutete, dass sie Angst davor hatte, das gleiche Schicksal wie ihre Bordellwirtin zu erleiden, aber ich wollte es von Chelsea hören.

„Ich habe es Leah erzählt, weil sie wissen wollte, wie der Richter und Mrs. Beck von der Party erfahren haben. Als Caryn tot aufgefunden wurde, hat Sydney Angst bekommen. Sie will nicht zur Polizei gehen, weil sie nicht will, dass irgendjemand erfährt, was sie getan hat. Aber sie hat gesagt, sie wisse Dinge, die helfen könnten, Caryns Mörder zu finden."

Es wusste niemand, wer Caryns Prostituierte waren. Sydney wollte bestimmt, dass es so blieb, und die anderen Mädchen mussten auch daran interessiert sein, nicht identifiziert zu werden. Abgesehen von der Tatsache, dass der Mörder wieder zuschlagen könnte, wenn er dachte, dass jemand sein Geheimnis verraten könnte, wollte keine der jungen Frauen als Hure bekannt sein. Caryn Swanson hatte ein erfolgreiches Partyplaner-Unternehmen geführt. Ich hätte darauf gewettet, dass viele ihrer „Mädchen" aus guten Familien stammten – Familien mit guten Beziehungen – und Jobs hatten, die sie verlieren würden, wenn es herauskäme.

„Wann soll ich sie anrufen?" Ich faltete den Zettel zusammen und schob ihn unter die CreditCorp-Akte.

„Um fünf Uhr morgens. Sydney studiert Veterinärmedizin und um sechs beginnt die Runde mit dem örtlichen Großtierarzt."

Uff. Ich war zwar auch immer früh wach, aber es war bestimmt angenehmer, um diese Zeit Yoga-Übungen zu machen und Muffins zu essen, als einer Kuh den Arm in den Hintern zu stecken.

„Danke", sagte ich zu Chelsea. „Und keine Sorge, ich werde mich bemühen, dein Geheimnis für mich zu behalten."

Ich konnte nicht versprechen, dass ich nichts sagen würde, vor allem nicht, weil eine Frau ermordet worden war. Aber wenn Sydney konkrete Informationen hatte oder mir sagen konnte, wonach die Polizei Ausschau halten sollte, würde es mir hoffentlich gelingen, die beiden Novak-Mädchen aus der Sache rauszuhalten.

Chelseas Mutter holte sie kurz nach unserem Gespräch ab und Richter Beck wies die Kinder an, sich auf den Rücksitz zu setzen, damit ich vorne bei ihm sitzen konnte. Es fühlte sich äußerst unangenehm an, mit Leuten im Auto zu sitzen, die ich gerade erst kennengelernt hatte. Ich saß neben dem Richter, während die Kinder sich auf dem Rücksitz darum stritten, welchen Sender sie hören sollten.

Schließlich sprach Richter Beck ein Machtwort und beendete den Streit, indem er klassische Musik spielte. Die Kinder stöhnten und Henry erfand alberne Liedtexte, die er zu den Melodien von Vivaldi sang. Als Madison lachte und mitsang, wurde mir bewusst, dass der Richter recht gehabt hatte. Sie war ziemlich schnell über ihren Unmut hinweggekommen. Ich rechnete damit, dass es in den kommenden Wochen Momente geben würde, in denen sie mir dunkle, stille Blicke zuwarf, aber insgesamt schien Madison ein fröhlicher Teenager zu sein. In den letzten drei Tagen hatte sie unaufgefordert ihre Hausaufgaben gemacht und obwohl sie oft am Handy hing, legte sie es beiseite und beteiligte sich höflich an Gesprächen, wenn sie angesprochen wurde. Während des Abendessens bekam ich mit, wie sie mit ihrem Bruder und ihrem Vater sprach und hatte den Eindruck, dass sie intelligent war, sich gut ausdrücken konnte und durchaus in der Lage war, sich gegen Henrys Sticheleien und die liebevollen Neckereien des Richters zu behaupten.

Mir fiel aber auch auf, dass das T-Shirt, das sie zum Abendessen trug, um einiges enger und kürzer war als das, das sie getragen hatte, als sie zur Schule ging. Ich wusste nicht, ob der Richter es nicht bemerkt hatte oder ob er einfach nichts sagen wollte.

Ich hatte erwartet, dass wir in einem der Kettenrestaurants in der Nähe des großen Einkaufszentrums etwas außerhalb von Milford essen würden, aber Richter Beck fuhr in die Innenstadt und parkte in einer engen Seitenstraße, die kaum passierbar war, weil auf beiden Straßenseiten Autos standen.

Madison quiekte. „Beurre Noisette? Papa, gehen wir ins ‚Beurre Noisette'?"

Der Richter warf mir einen verlegenen Blick zu. „Es ist nicht so schick, wie es sich anhört. Aber den Kinder schmecken die Pommes, und die Steaks sind *ausgezeichnet*."

Das „Beurre Noisette" war eher ein traditionelles amerikanisches Steak-House als eine Oase der französischen Küche. Das Dekor war in zeitgenössischem Schwarz und Rot gehalten, die Beleuchtung war im Deco-Stil und im Hintergrund lief sanfte Jazz-Musik. Das Bier wurde jedoch in Krügen serviert und die Steaks waren so groß, dass sich ein ganzes Footballteam daran hätte sattessen können. Wir quetschten uns in eine Sitzecke. Henry saß neben Richter Beck und Madison neben mir. Madison war anfangs etwas zurückhaltend, unterhielt sich jedoch höflich mit mir. Als unser Krabbendip serviert wurde, lachte sie und plauderte munter drauflos.

Die Kinder erkundigten sich nach meiner Arbeit und löcherten mich mit Fragen über meine Recherchen. Henry interessierte sich besonders für den überwucherten Garten hinter meinem Haus, während Madison wissen wollte, ob es Gespenster auf dem Dachboden gäbe. Es erstaunte mich, dass die beiden so gute Gesprächspartner waren. Richter Beck und Heather hatten ein Kompliment dafür verdient, dass sie ihre Kinder so gut erzogen hatten. Sie wussten besser als die meisten Erwachsenen, die ich kannte, wie man Smalltalk betrieb.

Das Abendessen war fantastisch. Mein Steak war perfekt gebraten und die gebackene Süßkartoffel hatte dicke Salzkristalle auf der Haut und war mit Honig-Zimt-Butter verfeinert. Das Gemüse war knackig und voller Aroma und der Schokoladenkuchen, den wir uns teilten, würde die Naschkatze in mir für den Rest der Woche befriedigen.

Ich hatte seit Elis Unfall nie mehr so schick auswärts gegessen und versuchte, die Erinnerungen an frühere Zeiten zu unterdrücken. Es gelang mir nicht. Aber es war nicht der richtige Zeitpunkt, um sich der Trauer hinzugeben oder darüber nachzudenken, wie viel am Morgen des Unfalls innerhalb von Sekunden zerstört worden war. Eli hatte immer gerne auswärts gegessen. Das äthiopische Restaurant in der Nähe von Stallworth war unser Favorit gewesen. Wenn ich die Augen schloss, konnte ich vor meinem geistigen Auge immer noch sehen, wie er die luftigen Buchweizenpfannkuchen verschlang. Wir hatten immer über die Beilage gestritten und darüber, ob wir Hähnchen oder Lamm nehmen sollten. Nach dem Abendessen waren wir Arm in Arm die Straßen entlanggeschlendert und hatten uns die kleinen Galerien und Antiquitätenläden im umliegenden Quartier angesehen. Manchmal hatten wir uns in der Eisdiele ein Eis geholt, bevor wir nach Hause gingen. Ich hatte schläfrig und vollgestopft den Kopf ans Autofenster gelehnt und die Straßenlaternen beobachtet, die an uns vorbeizogen. Ich hatte mich immer darauf verlassen können, dass Eli uns sicher nach Hause brachte. Er hatte die Hand ausgestreckt und wir hatten unsere Finger ineinander verhakt. Außer dem Rauschen der Autos, die in die entgegengesetzte Richtung fuhren, war nichts zu hören gewesen.

„Das Streckentraining beginnt nächste Woche", verkündete Henry und riss mich aus meinen Erinnerungen. „Von drei bis sechs."

Richter Becks Gabel blieb auf halbem Weg zum Mund in der Luft stehen. „Jeden Tag?" Der Junge nickte. „Ja, die ersten zwei Wochen. Wenn die Wettkämpfe beginnen, trainieren wir von Montag bis Donnerstag."

Einen Moment lang sah der Richter verloren und etwas zermürbt aus, sein unsicherer Gesichtsausdruck verschwand jedoch sofort wieder. „Wann finden die Wettkämpfe statt?"

„Manche abends unter der Woche, manche an Wochenenden. Ich habe Kopien des Wettkampfplans – eine für dich und eine für Mama. Die ersten beiden finden zu Hause statt, der dritte und vierte auswärts."

Ich sah, wie der Richter an seinen Fingern zählte. Vermutlich versuchte er herauszufinden, welches seine Wochenenden waren. Er hatte die Kinder jede zweite Woche von Montag bis Donnerstag und abwechselnd an Wochenenden.

„Wo finden die ersten beiden Wettkämpfe statt?"

Henry nahm sich ein weiteres Stück Schokoladenkuchen. „Damascus und Eastlake. Danach haben wir zwei Wettkämpfe zu Hause, dann einen an einem Donnerstagabend in der Washdale-Highschool in Milford. Er sollte um acht vorbei sein."

Der verlorene Gesichtsausdruck hielt diesmal etwas länger an. „Um welche Zeit finden die Wettkämpfe statt?"

Der Junge zuckte mit den Schultern. „Kommt drauf an. Die meisten beginnen morgens um sieben oder acht und dauern bis um fünf. Bezirks- und Landeswettkämpfe dauern länger."

Madison beobachtete aufmerksam ihren Vater. „Das Softballtraining beginnt übernächste Woche, aber ich glaube nicht, dass ich dieses Jahr spielen werde."

„O doch, das wirst du." Richter Beck schüttelte den Kopf, als würde er versuchen, seine Gedanken zu ordnen. „Du spielst gerne Softball und dein Trainer hat gesagt, du würdest vielleicht ein Stipendium bekommen, wenn du weiterhin so gut spielst wie in der letzten Saison. Du wirst das Softballspielen nicht aufgeben."

„Aber das Training ist von fünf bis acht, gleich nach dem Baseballtraining", maulte Madison.

Der Richter verzog das Gesicht. „Du wirst das Softballspielen nicht aufgeben. Wir müssen uns nur gut organisieren, damit du es rechtzeitig zum Training schaffst."

Ich konnte praktisch seine Gedanken lesen. *Die Kinder zur Schule bringen. Das erste abholen und nach Hause bringen, dann das andere abholen und irgendwie Abendessen reinquetschen. Und Hausaufgaben. Überlappende Wettkampf- und Spieltermine an Wochenenden.* Ich hatte gesehen, wie viel Arbeit Richter Beck jeden Abend mit nach Hause brachte. Wie lange arbeitete er wohl nachts in seinem Zimmer, in dem immer Berge von Akten lagen?

Einen Moment lang war ich erleichtert, dass ich nicht

diejenige war, die sich um so viele Dinge kümmern musste. So sehr ich auch versucht war, einzuspringen und ihm meine Hilfe anzubieten - es war nicht meine Familie und nicht mein Problem. Wenn er ein alleinerziehender Vater sein und sich das Sorgerecht mit seiner Frau teilen wollte, würde er eine Lösung finden müssen. Frauen taten das die ganze Zeit und ich musste zugeben, dass ich ein wenig Genugtuung für mein Geschlecht verspürte, als ich merkte, wie er mit alltäglichen logistischen Problemen kämpfte, die für Frauen ganz normal waren.

„Gehen wir am Sonntag immer noch einkaufen?", fragte Madison. „Es ist Mamas Wochenende, aber sie hat gesagt, ich könne mit dir einkaufen gehen."

„Mrs. Carrera hat angeboten, mit dir einkaufen zu gehen."

Einen Augenblick lang sah das Mädchen enttäuscht aus, dann wurde sein Gesichtsausdruck milde und neutral. Sie war ihrem Vater sehr ähnlich. „Kein Problem. Wir können ein anderes Mal einkaufen gehen."

Es war gar nicht sein Wochenende? Ich hatte es vergessen und einfach angenommen, dass ich für ein paar Stunden einspringen würde, während er etwas mit Henry unternahm. Ich konnte mir nicht vorstellen, dass Heather gewillt war, auch nur ein Bruchstück ihres Wochenendes aufzugeben. Madison musste darum gebettelt haben, mit ihrem Vater einkaufen zu gehen. Und er schob die Aufgabe einfach mir zu. Trottel. Ich wusste, dass Männer manchmal keine Ahnung von solchen Dingen hatten, aber es musste Madison ziemlich verletzt haben.

Ich trat unsanft gegen das Schienbein des Richters. Er zuckte zusammen und blickte mich erstaunt an.

*Einkaufen*, sagte ich tonlos und deutete mit dem Kinn auf Madison.

Sein fragender Blick verwandelte sich in Entsetzen. Ich wusste, dass es eine Tortur für ihn sein würde, zwei Stunden mit einem Mädchen im Teenageralter verbringen zu müssen, das sich nur für Make-up und Klamotten interessierte, aber schließlich war es seine Tochter. Ich funkelte ihn an und deutete erneut mit dem Kinn auf Madison.

„Aber nein, Liebling, ich werde mit dir einkaufen gehen", verkündete er. Er sagte es so, wie jemand „Ich esse gerne eingelegten Hering" oder „Nein, in diesem Kleid siehst du überhaupt nicht dick aus" sagen würde. „Ich werde mit dir einkaufen gehen, ich dachte nur, du würdest lieber ... mit jemand anderem einkaufen gehen. Mit einer Frau."

Madison sah ihn mit hochgezogener Augenbraue an. „Sag doch gleich, dass du keine Lust hast. Du willst nicht mit mir einkaufen gehen."

„Nein, ich *will* mit dir einkaufen gehen. *Wirklich*. Ich kann es kaum erwarten."

Okay, jetzt übertrieb er. Madison musste es auch gemerkt haben. Ihre Mundwinkel zuckten und sie hielt sich die Serviette vor den Mund, um ihr Lächeln zu verbergen. „Gut. Wir werden viel Spaß haben. Es gibt ein paar neue Läden, in die ich gehen möchte, und Nicole hat gesagt, bei ‚Total Tart' gäbe es ein paar wirklich niedliche Röcke, die gerade neu geliefert wurden. Danach möchte ich mir die Lidschatten bei ‚Beauty Station' ansehen und vielleicht noch ein paar Handtaschen, wenn genug Zeit dafür bleibt."

Richter Becks Augen wurden glasig. Er warf mir einen verzweifelten Blick zu. *Such dir jemand anderen, Kumpel. Ich werde dich nicht retten.*

Wir verzehrten den restlichen Schokoladenkuchen und diskutierten darüber, welche Wahlfächer die Kinder im Herbst belegen sollten und wo sie die Sommerferien verbringen wollten. Die Kinder wollten wissen, was Taco am liebsten fraß, wer im Haus auf der anderen Straßenseite wohnte, vor dem alte Waschmaschinen und kaputte Rasenmäher standen, und wann ich den Whirlpool reparieren würde.

Als wir zu Hause ankamen, war ich satt und zufrieden. Ich hatte mich schon lange nicht mehr so gut gefühlt. Wenn ich eine Drossel am Futterhäuschen entdeckte oder spürte, wie Taco unter meiner Hand schnurrte, oder wenn ich morgens warm und zufrieden in meinem Bett aufwachte, fühlte ich mich zwar auch gut, aber das war etwas anderes. Ich strotzte geradezu vor Lebensfreude. Eine Lebensfreude, die ich beinahe vergessen hatte.

Als es Schlafenszeit war, gingen die Kinder nach oben und ich setzte mich an den Küchentisch und stöberte in Rezepten für Muffins, Kuchen und Zucchinibrot herum. Es war schon zu spät, um noch etwas zu backen, aber ich würde ein Rezept heraussuchen und dafür sorgen, dass ich alle Zutaten hatte und morgen Abend etwas Leckeres backen.

Orangen-Gewürz-Muffins. Genau. Perfekt für unser Frühstück nach den Yoga-Übungen. Vielleicht würde ich sogar eine Flasche Champagner kaufen und ein paar Orangen auspressen, damit Daisy und ich uns ein paar Mimosas gönnen konnten. Ich schmunzelte und fragte mich, was Richter Beck wohl sagen würde, wenn er uns morgens um sechs Mimosas trinken sah. Am ersten Tag, als er vorbeigekommen war, hatte ich mit Daisy auf der Veranda Wein getrunken. Am Abend, nachdem ich Caryn Swansons Leiche gefunden hatte, hatte ich mit ihm Wein getrunken. Und jetzt würde er mich früh morgens Mimosas trinken sehen. Er würde mich für eine totale Säuferin halten.

Aber als sechzigjährige Witwe gönnte ich mir sonst nicht viel, ein bisschen Exzentrik konnte nicht schaden. Ich ging ins Arbeitszimmer und räumte die Akten zusammen, während ich immer noch über die Mimosas lächelte und mir noch ein paar andere ausgefallene Dinge ausdachte, die ich meiner morgendlichen Routine hinzufügen konnte.

Dann sah ich den Zettel, auf dem Sydney Vaughns Telefonnummer stand. Ich öffnete ihn und glättete die Falte, während ich die Treppe hinaufstieg und in mein Schlafzimmer ging. Ich würde ihn auf den Nachttisch legen, damit ich nicht vergaß, die Person anzurufen, die vielleicht wusste, wer der Mörder in unserer Mitte war.

**18**

Es war viel zu schnell fünf Uhr morgens. Ich putzte mir die Zähne, spritzte mir etwas Wasser ins Gesicht und hoffte, dass es mir gelingen würde, ein zusammenhängendes Gespräch mit Sydney zu führen, bevor ich einen Kaffee getrunken hatte. Mein Kopf fühlte sich an, als wäre er mit Watte gestopft, aber die Frau am anderen Ende der Leitung schien hellwach und munter zu sein. Zumindest klang sie munter, bis ich ihr sagte, wer ich war.

„Ich will nicht, dass die Polizei etwas davon erfährt", sagte sie leise. „Abgesehen davon, dass es illegal war, meine Eltern würden nie darüber hinwegkommen, wenn sie wüssten, was ich getan habe. Die Leute bei uns im Ort würden mich bis an mein Lebensende daran erinnern. Und abgesehen davon will ich nicht, dass dieser Verrückte mir nachstellt. Caryn hat er schon umgebracht. Er würde mich bestimmt auch töten."

Ihre Stimme klang erstickt, als sie die letzten beiden Sätze sagte, und mir fiel ein, dass Chelsea gesagt hatte, Caryn und Sydney seien Freundinnen gewesen.

„Wie sind Sie denn dazu gekommen? Und wie hat sich das Ganze abgespielt?“

„Ich habe Caryn durch gemeinsame Freunde kennengelernt. Eines Abends haben wir uns unterhalten und ich habe mich darüber beschwert, dass die Uni so teuer ist und ich vermutlich mit sechzig noch mein Studentendarlehen abzahlen werde. Sie hat gesagt, als ‚Escort‘ könne man gutes Geld verdienen. Das hat mein Interesse geweckt und als wir uns später wieder unterhalten haben, hat sie gesagt, man könne sogar noch mehr Geld verdienen, wenn man Sex mit den Männern hätte. Es war absolut diskret, die Bezahlung ist in bar über Caryn gelaufen. Bei mir fand keine Geldübergabe statt. Sie hat mir jeweils eine Nachricht geschickt und den Kunden beschrieben. Und wenn ich an einem Date mit ihm interessiert war, hat sie es arrangiert.“

Hörte sich nach unkomplizierter High-End-Prostitution an. Nichts, wofür man jemanden umbringen würde.

„Nach ein paar Monaten hat sie gesagt, einige der Kunden hätten ausgefallene Wünsche. Sie hat mir erklärt, was sie wollten, und wenn ich damit einverstanden war, war die Bezahlung gigantisch. Sie wollten zwar ziemlich seltsame Dinge, aber nichts, bei dem ich irgendwie zu Schaden gekommen wäre.“

Ich wollte es zwar nicht wissen, aber ich wusste, dass ich sie das fragen musste. „Was für seltsame Dinge wollten sie denn?“

„Sie wollten nicht gefesselt oder verprügelt werden. Die meisten wollten über meine Füße sabbern oder verlangten, dass ich so tat, als wären sie Babys. Oder sie wollten, dass ich sie anpinkle. Wie gesagt, seltsame Dinge, aber nichts, was mir Angst gemacht oder mir das Gefühl gegeben hätte, in Gefahr zu sein. Die Männer waren nett. Und wie gesagt, sie haben gut bezahlt.“

Würde jemand einen Mord begehen, weil er befürchtete, dass solche Dinge ans Licht kamen? Vielleicht, wenn es sich um einen Lehrer, einen Firmenchef oder einen Politiker handelte. „Kennen Sie diese Kunden? Kommen sie aus dieser Gegend? Haben sie Ihnen ihre Namen oder Telefonnummern gegeben?"

„Caryn hatte diese Informationen. Ich habe sie immer mit falschen Namen angeredet. Und sie kommen nicht aus dieser Gegend. Ich erinnere mich an einen Typen, der gesagt hat, er sei zwei Stunden gefahren, um sich mit mir zu treffen. Den Männern war es wichtig, die Sache geheim zu halten. Und ich war natürlich auch daran interessiert, dass niemand etwas davon erfuhr. Deshalb hat Caryn die Mädchen ausgewählt. Die Kunden konnten sich darauf verlassen, dass sie nicht erpresst wurden und niemand ihre Geheimnisse verriet, selbst wenn wir herausgefunden hätten, wer sie waren. Für uns stand genauso viel auf den Spiel wie für sie."

„Aber wenn Caryn kurz davor war, ihre Kundenliste - ihr schwarzes Buch -, auszuhändigen, hat vielleicht jemand beschlossen, dass zu viel für ihn auf dem Spiel stand."

„Sie hätte es nicht ausgehändigt. Es konnte ihr niemand etwas nachweisen und sie war entschlossen, einfach abzuwarten, bis Gras über die Sache gewachsen war."

„Anscheinend gab es jemanden, der das nicht gewusst hat", entgegnete ich.

„Ja, sie wollte sich am Freitagabend mit ihm treffen. Sie ist aus dem Gefängnis entlassen worden und hat gesagt, sie müsse sich mit einem Kunden treffen – mit einem besonderen Kunden, den sie selbst betreute. Sie wollte ihm versichern, dass sie ihn nicht ausliefern würde."

„Hat sie ihn erpresst?" Dieser Kerl hatte keinen Grund

gehabt, sie umzubringen, es sei denn, er hatte daran gezweifelt, dass sie dichthalten würde.

„Nein! Sie musste ihn nicht erpressen. Dieser Typ hat gut bezahlt. Ich meine, *wirklich* gut. Caryn hatte genug Geld beiseitegelegt, um ein Haus zu kaufen. Sie konnte nicht alles auf ihr Bankkonto einzahlen, weil Banken große Einzahlungen melden, deshalb hat sie das Bargeld gehortet, bis sie einen Weg fand, es auf legitime Weise in das System einzuspeisen. Aber die letzten paar Male, als wir uns getroffen haben, hat sie sich Sorgen gemacht. Dieser Typ verlangte ziemlich krasse Dinge und Caryn bekam langsam Angst. Aber was sollte sie tun?"

„Sie hätte den Kontakt abbrechen können. Sie hätte sagen können, die Abmachung gelte nicht mehr und er solle sich jemand anderen suchen."

„Das konnte sie nicht. Es ging nicht nur ums Geld, sie befürchtete, dass er ihr das Leben schwer machen und ihr Geschäft ruinieren würde, wenn sie den Kontakt mit ihm abbrach. Sie hat mir erzählt, sie hätte herausgefunden, dass er vor langer Zeit ein Mädchen getötet hat. Er habe gesagt, es sei ein Unfall gewesen. Sie hat zwar keine Angst gehabt, dass er ihr etwas antun könnte, aber es hat sie trotzdem beschäftigt."

Na ja. Sex mit einem Mann zu haben, der „vor langer Zeit" ein Mädchen ermordet hatte, würde jede normale Frau beschäftigen. Das Verrückte daran war, dass sie trotzdem weiterhin Sex mit ihm gehabt hatte. „Und warum ist sie nicht zur Polizei gegangen?"

„Was hätte sie denn sagen sollen? Dass ein Freier ihr damit drohte, ihr Geschäft zu ruinieren, wenn sie nicht zuließ, dass er sie während des Aktes würgte? Dass er behauptete, er habe versehentlich jemanden getötet, sie jedoch sonst nichts wisse? Caryn hat gesagt, der Typ habe Geld und Beziehungen. Es hätte ihr niemand geglaubt. Selbst wenn es zu einem Gerichtsprozess gekommen wäre, wäre er vermutlich freigesprochen worden. Als sie verschwunden ist, habe ich gedacht, sie sei vielleicht untergetaucht, aber als ich erfahren habe, dass sie tot aufgefunden wurde, wusste ich, dass dieser Typ sie umgebracht hat."

Sie würgen? Ich musste zugeben, dass ich nicht besonders prüde war und schon von allen möglichen seltsamen Spielen gehört hatte, die mündige Erwachsene so trieben, aber würgen? Es war mir unerklärlich, wie so etwas Spaß machen konnte. „Du hast gesagt, sie habe sich mit ihm getroffen?"

„Ja. Am Freitagabend. Sie wollte ihm versichern, dass sie die Kundenliste nicht aushändigen oder ihn anzeigen würde. Sie dachte, er würde ihr nichts antun, solange er wusste, dass sie ihn nicht ausliefern würde. Sie hat gehofft, dass er jemand anderen für seine bizarren Spiele finden würde, weil ihr die Polizei auf den Fersen war."

Das schien einen Sinn zu ergeben. Aber wenn es nicht dieser Kunde gewesen war, der Caryn getötet hatte, wer dann? Ein anderer Kunde, der daran gezweifelt hatte, dass sie den Mund halten würde? Eine eifersüchtige Ehefrau?

„Ich habe das Buch."

„Wie bitte?" Ich musste mich verhört haben.

„Es lag gestern Morgen in meinem Briefkasten. Caryn muss es am Freitag zur Post gebracht haben, bevor sie sich mit diesem Typen getroffen hat." Sydney fing an zu schluchzen. „O Gott. Sie muss gewusst haben, dass er ihr etwas antun würde. Sie muss es gespürt haben."

„Sydney, Sie müssen das Buch der Polizei übergeben", drängte ich sie. „Sie suchen danach. Caryn wurde ermordet und es kann sein, dass der Name des Mörders in diesem Buch steht."

„Ich kann nicht. Ich will nicht, dass irgendjemand erfährt, was ich getan habe. Caryn war meine Freundin und ich will auf jeden Fall, dass ihr Mörder im Gefängnis verrottet, aber ich kann nicht zulassen, dass mein Leben ruiniert wird. Und ich will nicht, dass er mir nachstellt."

„Können Sie es anonym der Polizei übergeben? Vielleicht per Post senden?"

Sie schniefte. „Ich werde es Ihnen bringen. Ich will nicht, dass es in der Post verloren geht, aber ich kann es nicht selbst tun. Sagen Sie einfach, sie hätten es gefunden. Sie sind doch Detektivin, sagen Sie einfach, Sie hätten es irgendwo gefunden."

Ich war eine Zielfahnderin und keine Detektivin, aber das spielte im Moment keine Rolle. „Ich gehe um acht zur Arbeit. Können Sie es im Büro vorbeibringen? Wir können uns auch irgendwo treffen."

„Nein, ich will nicht, dass uns jemand sieht. Und heute mache ich bis nachmittags Hausbesuche. Kann ich es bei Ihnen zu Hause vorbeibringen? Kann ich es irgendwo verstecken?"

Ich würde vermutlich ein Magengeschwür bekommen, weil ich mir den ganzen Nachmittag Sorgen machen würde, dass es gestohlen, verregnet oder von einem der Nachbarshunde zerkaut werden könnte. Aber wenn es keinen anderen Weg gab, an das Buch zu kommen, würde ich es in Kauf nehmen. „Im Garten steht ein Grill. Das Tor ist offen. Legen Sie es einfach auf den Rost."

Ich musste sicherstellen, dass keine Wespennester im Grill waren, bevor ich zur Arbeit ging, und etwas Alufolie auf den Rost legen, damit das Buch keine Rußflecken abbekam.

Ich gab Sydney meine Adresse und meine Telefonnummer und sagte, sie solle mich anrufen, falls es irgendwelche Probleme gab oder sie noch einmal mit jemandem
reden musste. Dann legte ich auf, zog mich an und eilte in
die Küche. Ich wollte Kaffee kochen, bevor Daisy zum
Morgen-Yoga erschien.

**19**

———

J.T. war unterwegs, um die CreditCorp-Akten abzuliefern, die ich endlich vervollständigt hatte, und ich saß im Büro und führte Hintergrundüberprüfungen für drei potenzielle Kautionskunden aus. Normalerweise bestand er bei Bagatelldiebstählen und geringfügigen Anklagen nicht darauf, aber seit Caryn Swanson verschwand, war er besonders vorsichtig. Ich sah dauernd auf die Uhr und brannte darauf, nach Hause zu fahren und nachzusehen, ob das schwarze Buch in meinem Grill lag.

Schließlich hielt ich es nicht mehr aus und fuhr gegen ein Uhr nach Hause. Ich hatte drei leere Wespennester aus dem Grill entfernt und den Rost und die Innenseite des Deckels sorgfältig mit Alufolie abgedeckt, damit das Buch keine Fettspuren abbekam. Als ich den Deckel anhob, atmete ich erleichtert auf. Auf dem Rost lag ein in Leder gebundenes Büchlein, das aussah wie ein Tagebuch. Ich blätterte es kurz durch, während Taco mir um die Beine schlich und nach meiner Aufmerksamkeit verlangte. Caryns

Notizen schienen in einer Art Code abgefasst zu sein. Ich nahm an, dass es sich nicht um einen besonders raffinierten Code handelte. Ich würde ein paar Stunden darauf verwenden, ihn zu entziffern, was mich hoffentlich auf die richtige Spur bringen würde. Dann musste ich einen Weg finden, es der Polizei zu übergeben, ohne Sydney zu belasten oder wie eine totale Vollidiotin rüberzukommen. Oder eine Verdächtige. Ich hatte die Leiche gefunden. Ich hatte Caryns Auto gefunden. Und jetzt hatte ich plötzlich das schwarze Buch „gefunden"?

Als ich wieder im Büro war, machte ich mich an die Arbeit. Ich schrieb die Nummern und Initialen auf - und wie oft sie wiederholt wurden. Wer auch immer dieser Würger war, er war eindeutig ein Stammgast und stand ganz oben auf der Liste der Verdächtigen. Andere Stammkunden schloss ich zwar nicht vollständig aus, nahm jedoch an, dass er derjenige mit den meisten Einträgen sein musste. Zum Glück schien Caryn den Code nicht für die Daten und die Uhrzeit verwendet zu haben, an denen die Dates stattgefunden hatten. Ich notierte die Daten und Codes auf meinem Whiteboard und trat einen Schritt zurück, um das Ergebnis zu betrachten.

Ich vermutete, dass die erste Gruppe von Buchstaben und Zahlen für den Kunden stand. Die zweite stand für die Anbieterin. Dann folgten zwei Zahlengruppen. Die erste war der Betrag, den der Kunde bezahlt hatte, die zweite der Betrag, den die Anbieterin erhalten hatte. Soweit ich beurteilen konnte, stand die letzte Buchstabengruppe für die Dienstleistung, die erbracht worden war.

Es gab viele Wiederholungen, aber nur eine davon erstreckte sich über das ganze Jahr und beinhaltete nur eine Zahlengruppe, was bedeuten musste, dass Caryn sich selbst um diesen Kunden gekümmert hatte. „BBR5". Ich musste herausfinden, wer das war. „CS1" stand für Caryn. Die Beträge waren zwar schon am Anfang hoch, wurden jedoch mit der Zeit geradezu astronomisch. Die Gruppe, die aus Buchstaben und Zahlen bestand, wiederholte sich manchmal, änderte sich jedoch oft. Die letzten zwanzig Einträge waren mit „AS" gekennzeichnet, hinter den ersten davon stand eine 1, hinter den letzten eine 3. Stand die Zahl für die Anzahl der Male, die Länge der Dates - oder deren Intensität? Da Sydney gesagt hatte, dieser Typ würde darauf stehen, seine Partnerin zu würgen, nahm ich an, dass „AS" für Atemspiele stand.

Uff. Ich würde in Desinfektionsmittel baden müssen, wenn das alles vorbei war. Ich fand heraus, welche Dienstleistungen angeboten wurden und es stellte sich ziemlich schnell heraus, dass dieser „BBR5" im Gegensatz zu anderen Kunden ziemlich normalen Sex wollte - bis die Atemspiele begannen. Ich war zwar nicht vom Fach, nahm jedoch an, dass autoerotische Erstickung etwas war, das ein Kunde erst nach einer Reihe intensiver BDSM-Dates verlangen würde, nicht einfach so. Dieser Kunde schien nur Atemspiele gewollt zu haben.

Aber warum sollte Caryn deswegen umgebracht worden sein? Es schien nicht annähernd so abstoßend zu sein, wie von jemandem angepinkelt zu werden, aber es war etwas, auf das bestimmt auch Psychos und Serienmörder standen. Ich wusste, dass ich Vorurteile hatte, aber jemand, der seine Sexualpartnerin würgte, war meiner Meinung nach genauso pervers wie ein Lehrer, der auf Nonnenkostüme aus Latex stand, und der seinen Job verlieren würde, wenn es herauskam. Die meisten Leute, die so etwas taten, würden ihren Job verlieren, wenn es herauskam.

Ich blätterte das ganze Buch durch, fand jedoch keinerlei Hinweis darauf, wer „BBR5" sein könnte. Da musste noch mehr sein. Vielleicht befand sich auf Caryns Handy ein Eintrag, der zurückverfolgt werden konnte, oder vielleicht enthielten ihre E-Mails irgendwelche Hinweise darauf, wer diese Person war. So oder so, an diese Informationen würde ich nicht gelangen. Es war Zeit, die Polizei anzurufen.

Zuerst rief ich J.T. an, der sofort ins Büro zurückkam und sich darüber wunderte, dass jemand ein so wertvolles Beweisstück vor unsere Bürotür gelegt hatte, während ich beim Mittagessen gewesen war. Warum war es bei uns gelandet? Warum nicht bei der Polizei oder bei Caryns Anwalt? Ich zuckte mit den Schultern, setzte mein bestes Pokerface auf und spielte die Unschuldige. Er blätterte das Buch durch und übergab es dann dem Ermittler, der vorbeigekommen war. Wir beantworteten seine Fragen und ich begann, die Akten zusammenzuräumen, die ich mit nach Hause nehmen wollte. Gerade, als der Ermittler gehen wollte, erschien Pete Briscane in der Tür. Er blinzelte überrascht, als er den Polizeibeamten sah, und unterhielt sich höflich mit ihm. Ich tat so, als würde ich im Aktenschrank nach Akten suchen, um meinen Aufbruch noch etwas zu verzögern.

„Pete!" J.T. ging auf den Bürgermeister zu, schüttelte ihm die Hand und klopfte ihm auf die Schulter. „Sushi oder der neue Italiener in Milford?"

Ah. Ich wusste, dass die beiden Freunde waren und Pete J.T. anvertraut hatte, dass sein Sohn in Schwierigkeiten steckte. Ich nahm an, dass sie beim Abendessen erneut über die unzähligen Familienprobleme des Mannes sprechen würden. Armer Kerl.

„Der Italiener. Den wollte ich schon lange ausprobieren.

Donna hat eine Glutenallergie, deshalb gehen wir da nie hin." Er blickte aus dem Fenster und beobachtete, wie der Ermittler in sein Auto stieg. „Du hast das schwarze Buch gefunden? Seltsam, dass es hier aufgetaucht ist."

„Kay hat es auf der Türschwelle gefunden, als sie vom Mittagessen zurückkam. Ich nehme an, dass es eines von Caryns Mädchen gewesen ist. Vermutlich wollte es sich nicht selbst belasten und hatte Angst davor, es der Polizei zu übergeben."

Der Bürgermeister wandte den Blick auf mich. Seine blauen Augen funkelten. „Haben Sie gesehen, was da drin stand? Ich weiß, ich weiß, ich tratsche genauso gerne wie alle anderen in unserem Städtchen. Aber wir hatten es noch nie mit einen Prostitutionsring zu tun und ich kann mich nicht an den letzten Mordfall erinnern. Ich frage mich, wer ihre Kunden waren."

Ich lächelte zurück und schob ein paar zusätzliche Akten, die ich nicht brauchen würde, in meine Tasche. „Ja, ich gebe zu, dass ich darin herumgeblättert habe. Aber es ist alles in Code abgefasst, es stehen nur Buchstaben und Zahlen drin. Ich bin sicher, dass die Polizei die Codes entziffern kann."

Er seufzte. „Das hoffe ich. Dann können wir alle wieder zur Normalität zurückkehren und uns Gedanken darüber machen, wer an der diesjährigen Regatta teilnehmen wird. Du sponserst doch auch ein Boot, nicht wahr, J.T.?"

Mein Chef verdrehte die Augen. „Ich wusste, dass du mich früher oder später dazu überreden würdest. Lass uns gehen. Kay, sperren Sie bitte das Büro ab?"

Ich nickte und sah den beiden Männern nach, die sich immer noch gegenseitig wegen der Regatta neckten. Pete Briscane war ein wirklich netter Kerl. Schade, dass sein Sohn so verkommen war. Ich blickte auf die Haftnotiz, die auf einer Akte klebte. David Briscanes Name stand darauf. Ich würde heute vermutlich schnell mit der Arbeit fertig sein. Wenn ich dazu kam, würde ich ein Auge auf Davids Hintergrund werfen. Der Bürgermeister war nicht der Einzige in unserem Städtchen, der neugierig war und gerne tratschte.

**20**

Ich legte eine Pause ein, backte ein paar Muffins und einen Kuchen. Dann aß ich einen Salat und legte klassische Rockmusik auf. Im Haus herrschte eine seltsame Stille. Es war komisch, dass ich mich so schnell an einen Mitbewohner und zwei Teenager gewöhnt hatte, nachdem jahrzehntelang nur Eli und ich hier gewohnt hatten - und im letzten Monat nur noch ich und die Katze. Die Betriebsamkeit und das Kommen und Gehen meiner drei Mitbewohner waren mir innerhalb von drei Tagen ans Herz gewachsen. Heute Abend waren die Kinder bei ihrer Mutter und da Richter Beck noch nicht zu Hause war, nahm ich an, dass er länger arbeiten musste.

Das hatte ich auch vor. Ich ließ den Kuchen unter einem ausgeklügelten Ring aus Drahtgittern und Backblechen abkühlen, damit er vor Taco geschützt war, machte eine Kanne Tee, schnappte mir einen Muffin und ging in mein Arbeitszimmer. Um acht Uhr hatte ich die beiden Hintergrundüberprüfungen der Kautionskunden abgeschlossen und wollte gerade mit der Fallsuche für David Briscane beginnen, als der Richter nach Hause kam.

„In der Küche steht ein Teller mit frischen Muffins", rief ich. „Den Küchen dürfen Sie nicht anfassen. Er ist für morgen Abend."

Er steckte den Kopf zur Tür herein. „Zu einem Muffin sage ich nicht nein und wenn es morgen Abend Kuchen gibt, werde ich früher nach Hause kommen."

„Apfel-Gewürz-Kuchen mit Cheddar-Käse-Kruste", sagte ich. „Außerdem werde ich das Hähnchen zubereiten, das im Gefrierfach liegt. Sie dürfen sich gerne an den Resten bedienen, falls Sie länger arbeiten müssen."

Er betrat das Zimmer und rieb sich mit einer Hand die Augen. „Danke. Ich habe ein schlechtes Gewissen, weil ich mich von Ihnen verpflegen lasse, aber ich habe jede Menge Schriftsätze, die ich aufarbeiten muss. Die Kinder von der Schule abzuholen, Abendessen für sie zu besorgen und sie am nächsten Morgen wieder zur Schule zu bringen verkürzt meine Arbeitszeit. Mir ist gar nicht bewusst gewesen, wie viel Zeit die Kinder in Anspruch nehmen. Heather hat sich immer um diese Dinge gekümmert. Ich habe einfach nur das Geld verdient und die Rechnungen bezahlt. Arbeit und Kinder unter einen Hut zu bringen ist viel schwieriger, als ich dachte."

„Veränderungen sind immer schwierig. Sie werden sich bald daran gewöhnen. Und Sie werden nicht ewig mit Ihrer Tochter Handtaschen und Make-up einkaufen gehen müssen."

Er verzog das Gesicht und setzte sich auf den Rand meines Schreibtischs. „Das will ich hoffen. Die Softball-Spiele sehe ich mir gerne an, aber ich hätte nichts dagegen, wenn diese Handtaschen-und-Make-up-Phase bald vorbei wäre."

„Darauf würde ich mich nicht verlassen", neckte ich ihn

und drehte mich wieder zu meinem Computerbildschirm um.

Richter Beck folgte meinem Blick und runzelte die Stirn, als er den Namen sah, den ich im Suchfeld eingegeben hatte. „Sie stellen Nachforschungen über David Briscane an?"

Ich nickte. „Reine Neugier. J.T. hat gesagt, er sei letztes Wochenende in der Stadt gewesen, um sich mit seinem Vater zu treffen. Ich weiß, dass er als Jugendlicher oft in Schwierigkeiten steckte und habe mich gefragt, ob das immer noch so ist."

Die Runzeln auf der Stirn des Richters vertieften sich. „Als Jugendlicher hatte er *ernsthafte* Schwierigkeiten. Ehrlich gesagt überrascht es mich, dass er immer noch auf freiem Fuß ist."

Ich sah ihn fragend an. „Für Trunkenheit am Steuer und Drogen? Hat er denn so viel konsumiert, als er in der Highschool war?"

„Nein, Drogen und Alkohol hat er damals nicht angerührt. In der Highschool hat er Streiche gespielt, die ihm Ärger eingebracht haben. Er hat zum Beispiel das Wasser im Rathausbrunnen grün gefärbt oder im Sommer den Leuten Thunfisch in die Briefkästen gesteckt. Aber dann hat er ernsthafte Schwierigkeiten bekommen. Ich selbst hatte nichts mit diesem Fall zu tun, er wurde woandershin verlegt, aber ich habe durch die Gerüchteküche davon erfahren."

Was für ernsthafte Schwierigkeiten meinte er? Was hätte so schlimm sein können, dass David Briscane vor Gericht gelandet und der Fall in einen anderen Bezirk verlegt worden war?

„War er noch minderjährig?" Meine Fallsuche hatte keine Ergebnisse eingebracht. Das und die Tatsache, dass der Richter nicht damit herausrücken wollte, um welche „Schwierigkeiten" es sich gehandelt hatte, bedeutete, dass er unter achtzehn gewesen sein musste, als es passiert war.

Richter Beck nickte. „Ja, knapp achtzehn."

Da er nicht als Erwachsener verurteilt worden war, konnte es nicht *so* schlimm gewesen sein. Ich spielte in Gedanken mehrere Szenarien durch und kam zum Schluss, dass es sich um fahrlässige Tötung gehandelt haben musste. Jugendliche, die solche Straftaten begingen, wurden nicht als Erwachsene verurteilt und erhielten - je nach Beweislage - sogar nur eine Bewährungsstrafe. Ich konnte mir gut vorstellen, dass Bürgermeister Briscane, der damals Stadtrat Briscane gewesen war, alles daran gesetzt hatte, den Prozess in einen anderen Bezirk zu verlegen, um den neugierigen Blicken und bösen Zungen zu entgehen.

Ich blickte wieder auf den Bildschirm und ging die geringfügigen Anklagen der letzten fünf Jahre durch, die unter David Briscane aufgelistet waren. „Na ja, was auch immer es gewesen ist, er muss seine Lektion gelernt haben. Er scheint nicht schlimmer als die meisten anderen jungen Männer in der Stadt zu sein."

Richter Beck erhob sich und warf einen letzten Blick auf den Computerbildschirm. „Das hoffe ich, denn ich möchte wirklich nicht, dass sich so etwas jemals wiederholt."

## 21

„Hey Daisy, erinnerst du dich an David Briscane, den Sohn des Bürgermeisters?" Wir saßen im Pavillon im Garten, tranken unseren Kaffee und aßen die frisch gebackenen Muffins vom Vorabend. Es war ein warmer Frühlingsmorgen und ich sah mich im Garten um und überlegte, wo ich die Frühlingszwiebeln anpflanzen sollte. Dieses Jahr würden sie nicht mehr blühen, aber wenn ich sie jetzt anpflanzte, würden wir sie im nächsten Frühling in voller Pracht bewundern können.

Sie nickte. „Ja. Ist er wieder in der Stadt? Sein Vater hat ihm eigentlich verboten, sich Locust Point auf weniger als hundert Meilen zu nähern."

Kein Wunder, wenn er in so großen Schwierigkeiten gesteckt hatte, wie Richter Beck angedeutet hatte. „Er hat sich letztes Wochenende mit seinem Vater getroffen. Wahrscheinlich braucht er Geld."

Daisy schnaubte. „Das bezweifle ich. Nach dem, was in der Highschool passiert ist, haben seine Eltern einen riesigen Treuhandfonds für ihn eingerichtet. Ich meine, *riesig*. Dann haben sie ihn aufs College geschickt und ein

Restaurant auf der anderen Seite des Staates für ihn gekauft. Es erstaunt mich, dass Pete überhaupt zugestimmt hat, sich mit ihm zu treffen."

Meine Neugier brachte mich fast um. „Was ist denn in der Highschool passiert? Fahrlässige Tötung? Rücksichtsloses Verhalten im Straßenverkehr? Eine Mutprobe, die schiefgelaufen ist?"

„Schön wär's. Er hat ein Mädchen erwürgt." Daisy klang angespannt. „Ein junges Mädchen aus Milford. Pete hat alles streng geheim gehalten, weil er keinen Skandal wollte. Die Eltern des Mädchens waren arm und David hatte die besten Anwälte. Er hat nur eine Bewährungsstrafe bekommen. Der Fall wurde versiegelt und aus dem Strafregister entfernt, weil er zum Zeitpunkt der Straftat noch minderjährig war."

Ich war so geschockt, dass ich kaum einen klaren Gedanken fassen konnte. „Erwürgt? Er hat ein Mädchen *erwürgt* und eine *Bewährungsstrafe* bekommen? Was um Himmels willen stimmt mit unserem Justizsystem nicht?"

Die Parallelen zu Caryn Swansons Kunden entgingen mir nicht. Könnte es sich beim Mörder möglicherweise um den Sohn des Bürgermeisters handeln?

Daisy warf mir einen grimmigen Blick zu. „Er hat behauptet, es sei etwas schiefgelaufen, als sie Sex hatten. Es sei jedoch alles einvernehmlich gewesen, sie hätten es einfach zu weit getrieben. Anscheinend hatten sie sie so etwas nicht zum ersten Mal getan. Die Freundinnen des Mädchens haben vor Gericht ausgesagt, sie habe solche Dinge gemocht. Die ganze Sache wurde als Unfall abgetan. Als tragischer Sexunfall."

Ich konnte es einfach nicht glauben. „Ein Unfall? Ich meine, woher weißt du das, wenn sonst niemand in der Stadt davon weiß?"

„Ich habe das Mädchen gekannt. Wir hatten ein Outreach-Programm und sie war eines der Mädchen, die ich betreut habe. Sie war nicht pervers. Ich glaube nicht, dass sie auf solche Dinge stand. Aber sie war arm und verzweifelt und soweit ich weiß, hat er ihr Geld dafür bezahlt. Ich wusste nicht, wer es war und was da alles vor sich ging, sonst wäre ich direkt zu Pete gegangen. Ich wusste nur, dass sie mit jemandem Sex hatte und dafür bezahlt wurde. Ich habe gesehen, dass sie blaue Flecken am Hals hatte und habe angenommen, dass sie entweder von ihrem Freund oder von jemandem zu Hause verprügelt wurde. Ich habe versucht, ihr zu helfen, aber bei Missbrauchsopfern dauert es manchmal sehr lange, bis sie sich öffnen. Ich hatte nicht genug Zeit. Sie auch nicht. Sie war tot, bevor ich sie dazu überreden konnte, ihn zu verlassen."

Oh, arme Daisy. Armes … Milford-Mädchen. „Wie hieß sie denn?" Sie musste einen Namen haben. Sie konnte nicht einfach nur ein namenloses Mädchen sein, das vor zehn Jahren erwürgt wurde.

„Desiree Trottenhaus."

Arme Desiree Trottenhaus.

Erwürgt. Genauso wie Caryn Swanson. Und wie der Freier, der eine ganze Stange Geld dafür bezahlt hatte, dass Caryn solche Spiele mitmachte. David Briscane war an diesem Wochenende in der Stadt gewesen. Hatte er Caryn getötet, um zu verhindern, dass seine Vergangenheit aufgedeckt wurde? Hatte er sie getötet und war dann zu Pete gegangen, um ihn um Hilfe zu bitten? Oder hatte er Pete um Hilfe gebeten und dann Caryn getötet, weil sein Vater ihn abgewiesen hatte?

Ich hatte keine Beweise. Alles, was ich hatte, war ein obskurer Code in einem schwarzen Buch und die Aussage einer Frau, die sich weigern würde, vor Gericht auszusagen, dass Caryn einen Kunden gehabt hatte, der auf so etwas stand. Trotzdem, es musste noch mehr Leute im Staat geben, die auf so etwas standen. David Briscane würde behaupten, dass er solche Dinge als Teenager ausprobiert und damit aufgehört habe, als er versehentlich seine Partnerin getötet hatte. Es gab keinen Beweis. Nichts.

Daisy ging nach Hause und ich setzte mich in die Küche und wartete auf Richter Beck. Sobald er die Küche betrat, reichte ich ihm eine Tasse Kaffee und kam unverzüglich zur Sache.

„Ich weiß, dass David Briscane wegen fahrlässiger Tötung der Prozess gemacht wurde, weil er dieses Mädchen aus Milford erwürgt hat. Anscheinend bei einem Sexspiel, das schiefgelaufen ist. Was halten Sie von der ganzen Geschichte? Denken Sie, dass er ein Wiederholungstäter sein könnte? War es einfach etwas, das er als Teenager ausprobiert hat, oder steht er tatsächlich auf solche Dinge?"

Richter Beck nippte an seinem Kaffee, grinste und schüttelte langsam den Kopf. „Sie sind wie ein Bullterrier, Kay. Wenn Sie sich erst mal in etwas verbeißen, lassen Sie nicht mehr los. Ich habe keine Ahnung, wie Sie das so schnell herausgefunden haben, aber ich vermute, dass Pierson Sie nicht gut genug entlohnt."

Das stimmte zwar, war jedoch keine Antwort auf meine Frage. „Ich habe guten Grund anzunehmen, dass einer von Caryn Swansons Kunden, den sie persönlich betreut hat, auf Atemspiele stand. Ich frage mich, wie hoch die Chancen stehen, dass es sich bei diesem Kunden um David Briscane handelt."

Der Richter runzelte nachdenklich die Stirn. „Sein Vater hat ihn praktisch aus der Stadt verbannt. Ich kann mir nicht vorstellen, dass David riskieren würde, hierher zu kommen, nur um jemanden für Sex zu bezahlen."

„Was ist, wenn es sich um Sex mit Atemspielen gehandelt hat? Ich würde wetten, dass die meisten Prostituierten nichts mit solchen Dingen zu tun haben wollen, egal, wie viel Geld ihnen dafür angeboten wird. Caryn Swanson hat einen Prostitutionsring geführt, der auf bizarre Dienstleistungen spezialisiert war. Manche Freier sind stundenlang gefahren, um sich mit den Mädchen zu treffen ... und um Dinge zu tun, die sie sonst mit niemandem tun konnten."

„Schon möglich. Aber ich weiß es nicht ..." Er trank einen weiteren Schluck Kaffee. „David hat gestanden. Er wusste Dinge, die nur der Mörder des Mädchens wissen konnte. Ihre Freundinnen haben ausgesagt, es sei einvernehmlich gewesen und die beiden seien schon seit Monaten ein Paar gewesen. Aber seitdem ist nichts mehr passiert. Entweder war es ein Teenager-Experiment und er hat es nie wieder getan oder er hat seine Technik perfektioniert und darauf geachtet, dass er nicht zu weit geht."

„David hat dieses Mädchen bezahlt. Und Caryns Kunde hat sie nicht bei einem Sexspiel getötet. Ich glaube, er hat sie getötet, weil er befürchtet hat, sie würde ihn ausliefern, um eine geringere Strafe zu bekommen."

Der Richter runzelte die Stirn. „Kann schon sein. Ich weiß es nicht. Aber ich glaube, es war jemand anderes. Die Geschichte mit David kam mir irgendwie komisch vor. Ich war damals noch kein Richter und hatte nichts mit dem Prozess zu tun, aber ich kannte Leute, die an diesem Fall gearbeitet haben. Er schien kein typischer Mörder zu sein. Er wirkte wie ein verängstigtes Kind, das bereit war, seine Tat zu gestehen und dafür bestraft zu werden. Ich glaube, dass das einer der Gründe war, warum er nur eine Bewährungsstrafe bekommen hat. Er schien geschockt zu sein und akzeptierte die Tatsache, möglicherweise eine Haftstrafe zu bekommen. Er war reumütig."

Vielleicht war ich auf der falschen Spur. Ich vertraute Richter Becks Einschätzung und ging davon aus, dass er ein gutes Gespür für solche Dinge hatte. Seiner Meinung nach schien David kein Wiederholungstäter zu sein. Er war ein Unruhestifter und mehrmals mit dem Gesetz in Konflikt geraten, es deutete jedoch nichts darauf hin, dass er weiterhin solche Sexspiele getrieben geschweige denn einen vorsätzlichen Mord begangen hatte.

„Da war diese eine Zeugin", sinnierte er. „Eine Frau, die behauptet hat, sie hätte das Opfer von einem Gemeindeprogramm her gekannt. Sie hat ausgesagt, das Mädchen sei nicht von David umgebracht worden. Aber da David die Tat gestanden hat und alle Beweise auf ihn deuteten, hat die Staatsanwaltschaft einfach angenommen, die Frau sei verrückt oder drogensüchtig und ist nicht weiter darauf eingegangen. Sheila oder so. Spielt vermutlich keine Rolle."

Vermutlich war es unwichtig. David Briscane hatte dieses Mädchen getötet, als er auf der Highschool gewesen war, aber ich wurde das Gefühl nicht los, dass er auch der Hauptverdächtige in Caryn Swansons Mordfall war. „Ich weiß, dass Sie mir nicht glauben, aber er war in der Stadt, als Caryn Swanson umgebracht wurde. Er hatte dieselbe Vorliebe wie einer ihrer persönlichen Kunden. Und da eine Bewährungsstrafe hängig ist, wollte er bestimmt nicht, dass jemand herausfindet, dass er seine Sexualpartnerinnen immer noch gerne würgt."

Richter Beck schüttelte den Kopf. „Das passt nicht zusammen, Kay. Dass er in der Stadt war und früher ähnliche Sexspiele gemocht hat, ist nur ein Indiz. Wir wissen nicht, ob es dieser Kunde war, der Swanson getötet hat. David hätte keinen Grund gehabt, sie zu töten, selbst wenn er der Kunde gewesen wäre. Autoerotische Erstickung zwischen einvernehmlichen Partnern ist kein Verbrechen.

Außerdem hat er keinen guten Ruf zu verlieren. Wenn jemand weiß, wie man Nachforschungen betreibt, findet er schnell heraus, was damals passiert ist. Das haben Sie ja gerade bewiesen. Er besitzt ein Grillrestaurant am anderen Ende des Staates. Er war minderjährig und es war fahrlässige Tötung. Warum sollte er eine Frau töten, die preisgeben könnte, dass er sie für bizarre Sexspiele bezahlt hat?"

Er hatte recht, aber abgesehen von einem Motiv gab es zu viele Zufälle, um sie zu ignorieren. An dieser Spur musste etwas dran sein. Es spielte keine Rolle, ob sie zu David Briscane führte oder nicht. Ich musste ihr folgen.

**22**

Im Büro wartete ein Stapel Akten auf mich, was für einen Freitag ungewöhnlich war. Vier Zielfahndungen für einen neuen Kunden, den wir mit gründlicher Ermittlungsarbeit und schneller Abwicklungsweise beeindrucken wollten, zwei Kautionskunden, deren Hintergrund ich überprüfen musste, und eine Bootsbeschlagnahmung. Wie jemand ein Boot verstecken konnte, war mir schleierhaft. Wir würden nicht in eine Garage einbrechen können, um es zu beschlagnahmen, aber es würde einfach sein, einen Gerichtsbeschluss zu bekommen. Wir mussten nur sicherstellen, dass der Schuldner das Boot nicht vorher abschleppte.

Gegen zehn Uhr tauchte J.T. auf. Er sah gestresst aus. Sein vormals kahler Kopf war von einem Flaum bedeckt und er trug wieder eine schmuddelige Jeans und ein ärmelloses T-Shirt. Seine Füße steckten in Cowboystiefeln. Ich übergab ihm die Akten, die ich am Vortag bearbeitet hatte, und ging sie mit ihm durch. Dann notierte ich die Prioritäten für den heutigen Tag und verkündete, dass ich alles, was ich nicht während der Arbeitszeit erledigen konnte, mit nach Hause nehmen würde. In letzter Zeit arbeitete ich abends genauso viel wie Richter Beck. Ich hatte gerne viel zu tun und mochte meinen Job, aber in den letzten paar Tagen war ich so beschäftigt gewesen, dass ich nicht dazu gekommen war, meine Backkünste aufzufrischen oder mich in der Kunst gestrickter Waschlappen zu üben. Außerdem musste ich immer noch den Rest von Elis Sachen durchgehen, den Kräutergarten neu bepflanzen und den Whirlpool auf Vordermann bringen, damit die Kinder ihn benutzen konnten. Taco war die letzten zwei Tage auch zu kurz gekommen. Der Kater brauchte eindeutig mehr Streicheleinheiten und wenn ich abends vor dem Computer saß, blieb nicht viel Zeit für ihn übrig. Vielleicht sollte ich J.T. um eine Gehaltserhöhung bitten.

„Wissen Sie irgendetwas über die rechtlichen Probleme von David Briscane?", fragte ich ihn, als wir die neuen Fälle besprochen hatten.

Er zog die Augenbrauen hoch. „Vandalismus am Rathausbrunnen. Ist aber schon zehn Jahre her. Streiche, die sich wilde Jugendliche so ausdenken. Pete hat sich ziemlich aufgeregt und befürchtet, dass Davids Faxen ein schlechtes Licht auf ihn werfen und seine politische Karriere ruinieren würden. Als dann in Davids Abschlussjahr der Skandal passiert ist, dachte ich, Pete würde einen Herzinfarkt bekommen."

„Die fahrlässige Tötung?", fragte ich unschuldig.

J.T. nickte und sah mich überrascht an. „Pete hat die ganze Sache ziemlich gut vertuscht. Es geschah in Milford. Die beiden waren minderjährig. Der Prozess wurde in einen anderen Bezirk verlegt. So viel in dieser Stadt auch getratscht wird, ich bezweifle, dass mehr als eine Handvoll Leute davon wussten. Und diejenigen, die davon wussten, hatten Mitleid mit Pete. Es wünschte ihm niemand, dass seine Karriere ruiniert wurde, nur, weil sein Sohn es vermasselt und versehentlich ein Mädchen getötet hatte."

Er hatte es tatsächlich ziemlich vermasselt. Ich ärgerte mich darüber, dass es J.T. nicht besonders zu kümmern schien, dass das Mädchen *gestorben* war. „Denken Sie, dass es einfach eine sexuelle Fantasie war, die er als Teenager ausgelebt hat, oder dass er immer noch auf solche Dinge steht?"

„Sie denken doch nicht etwa ..." Seine Augen weiteten sich. „Sie denken, dass David einer von Caryns Kunden war? Aber warum? Warum sollte er stundenlang hierherfahren, um Sex zu haben? Er ist ein gut aussehender Typ und eine Bewährungsstrafe, die er als Minderjähriger bekommen hat, hält ihn bestimmt nicht davon ab, Frauen flachzulegen."

„Sie war auf bizarre Dienstleistungen spezialisiert, darunter Atemspiele."

J.T.s Blick wanderte zu meinem Computerbildschirm hinüber. „Haben Sie das alles online herausgefunden? Gütiger Himmel, das sollten unsere Ermittler auch tun. So könnten sie Fälle lösen, ohne die Polizeistation zu verlassen."

Ich dachte, dass es besser war, ihn in diesem Glauben zu lassen. Es hätte keinen Sinn, ihm die lange Geschichte von Daisys Outreach-Programm und Sydneys Nebenjob zu erzählen. „Caryn Swanson hat diese Art von Dienstleistung angeboten. Viele ihrer Kunden waren bereit, dafür weite Strecken zu fahren. Wenn David immer noch auf solche Dinge steht, war er vielleicht einer ihrer Kunden. Vermutlich wollte er nicht, dass es jemand herausfindet, erst recht nicht sein Vater."

Ich wusste, dass es ein schwaches Motiv war, aber J.T. nickte. „Ich sollte es Pete sagen. Obwohl ihm bestimmt die

Sicherung durchbrennen wird. David hat schon so viel Ärger gemacht. Dieses Mal wird er ihn wahrscheinlich einfach ins Gefängnis wandern lassen. Man kann einen Mann nicht für das Verhalten seines Sohnes verantwortlich machen, besonders nicht, nachdem er so viel getan hat, um ihm zu helfen."

Aus irgendeinem Grund wollte ich nicht, dass Pete es erfuhr. Vielleicht wollte ich nicht, dass er dachte, ich sei eine Schnüfflerin. Vielleicht hatte ich Angst, dass ich falschliegen könnte - wie Richter Beck gesagt hatte - und einem unschuldigen Mann unnötig das Leben schwer machen würde. Oder vielleicht befürchtete ich, dass ich recht hatte und mich dadurch zur Zielscheibe machen könnte.

„Es ist nur eine Theorie", erklärte ich hastig. „Vermutlich ein bisschen weit hergeholt. Ich bin schließlich keine Detektivin und kenne die Einzelheiten des Falles nicht."

„Trotzdem. Ich sollte Pete Bescheid sagen. Wenn Caryn diese Art von Sex angeboten hat, ist es möglich, dass David in dem schwarzen Buch steht, das wir der Polizei übergeben haben."

„Denken Sie, dass er immer noch solche Dinge tut?", fragte ich und kehrte zu meiner ursprünglichen Frage zurück. „Vielleicht ist alles nur ein Zufall und was er damals getan hat, war wirklich nur eine einmalige Sache, die schiefgelaufen ist."

J.T. überlegte einen Moment lang. „Er ist komisch. Ich sage das nur ungern über Petes Sohn, aber er ist komisch. Nervös und schreckhaft, irgendwie mürrisch. Und wenn er es damals schon getan hat, steht er vermutlich immer noch auf solche Dinge. Teenager experimentieren zwar, aber nicht mit *so etwas*. Man muss ziemlich krank im Kopf sein, um solche Dinge zu tun."

Es fehlte jedoch immer noch ein konkretes Motiv. David mochte zwar komisch sein und vielleicht würgte er seine Sexualpartnerinnen immer noch gerne, aber er würde keinen Schaden davontragen, wenn seine bizarre Vorliebe ans Licht käme.

J.T. ging auf seine Runde und ich wandte mich dem Stapel Akten zu, die neben meinem Computer lagen. Gegen Mittag rief ich Daisy an und fragte, ob sie jemals von einer Sheila gehört habe, die mit Desiree Trottenhaus befreundet gewesen war.

„Sie war nicht wirklich ihre Freundin, sie hat am selben Outreach-Programm wie Desiree teilgenommen. Warum?"

„Ich habe gehört, sie hätte ausgesagt, dass Desiree nicht von David Briscane getötet wurde und der Freund, der sie für Sex bezahlt hat, jemand anderes gewesen war."

Daisy schnappte nach Luft. „Aber warum hätte David dann die Strafe auf sich genommen? Er hat die Tat gestanden."

„Es kommt manchmal vor, dass unschuldige Leute sich schuldig bekennen, wenn sie denken, dass die Beweislast so überwältigend ist, dass die Jury sie niemals freisprechen würde." Ich dachte noch einmal darüber nach, was Richter Beck gesagt hatte. Wenn David jemanden gedeckt hatte, musste er Einzelheiten gekannt haben, die nur der Mörder kannte. War es ein Freund? Ein Liebhaber? Vielleicht war David schwul und sein bisexueller Liebhaber hatte versehentlich das Mädchen getötet. David nahm die Schuld auf sich, weil er wusste, dass sein Vater ihm die besten Anwälte besorgen und ihm bei der Gerichtsverhandlung helfen würde.

Vielleicht war das tatsächlich ein wenig zu weit hergeholt. David kannte die Einzelheiten. Er hatte die Tat gestanden und die Strafe auf sich genommen. Diese Sheila musste sich geirrt haben. Vielleicht gab es mehrere Männer, die Desiree für Sex bezahlt hatten. Vielleicht hatte David überhaupt nichts mit Caryn Swanson oder ihrem Tod zu tun.

„Sheila Pitt. Ich werde mich mal umhören und herausfinden, was aus ihr geworden ist. Früher hat sie in Bradley Heights gewohnt, etwas außerhalb von Milford."

Ich bedankte mich bei Daisy und bat sie, mir eine SMS zu schreiben, wenn sie etwas fand. Dann legte ich auf und machte mich an die Arbeit. Als es Zeit für den Feierabend war, lag immer noch ein Stapel Akten auf meinem Schreibtisch, die ich mit nach Hause nehmen musste, aber ich hatte Sheila Pitts Telefonnummer. Ich hinterließ ihr eine Sprachnachricht und erklärte den Grund für meinen Anruf. Dann packte ich zusammen und machte mich auf den Heimweg.

Als ich das Büro verlassen wollte, entdeckte ich einen kleinen weißen Umschlag, der vor der Tür am Boden lag. Ich hob ihn auf und öffnete ihn vorsichtig. Manchmal brachten Kunden Schecks vorbei, um für unsere Dienstleitungen zu bezahlen, und schoben sie unter der Tür durch. Ich war ziemlich sicher, dass niemand an die Tür geklopft hatte, aber vielleicht war ich zu sehr in meine Nachforschungen vertieft gewesen, um es zu hören.

*Ich weiß, wer Caryn Swanson getötet hat. Ich habe Angst, zur Polizei zu gehen. Treffen Sie mich heute Abend um zehn hinter der Raststätte. Dort, wo die LKWs stehen.*

Das war die Stelle, an der ich Caryns Auto gefunden hatte. Ich mochte zwar ein Bullterrier sein, wie Richter Beck gesagt hatte, aber ich war nicht dumm. Ich würde auf keinen Fall abends um zehn auf einem schwach beleuchteten Parkplatz erscheinen, auf dem nur LKWs mit schlafenden Fahrern standen. Aber ich wollte trotzdem wissen, wer es war. Ich fragte mich, ob die ganze Sache legitim oder eine Falle war. Na ja, ich würde dieser Person einfach auch eine Falle stellen. Wenn es eines von Caryns Mädchen war, das Informationen preisgeben wollte, würde ich nachhaken. Wenn es der Mörder war, würde die Polizei sich um ihn kümmern.

## 23

Ich saß in meinem Arbeitszimmer und räumte die Akten zusammen, die ich mit nach Hause genommen hatte, während Taco auf meinem Schoß döste. Der Teller mit den Überresten meines Hähnchens stand gefährlich nahe am Rand des Schreibtischs. Die Sonne war schon lange untergegangen und Mondlicht fiel durch das Fenster. Richter Beck war immer noch nicht zu Hause. Ich bezweifelte, dass er mit Freunden unterwegs war oder ein Date hatte, während die Scheidung im Gange war.

Mein Handy klingelte. Ich erkannte die Nummer. Sheila. Ich beantwortete den Anruf und wartete darauf, dass sie etwas sagte.

„Sind Sie die Detektivin? Die, die sich für den Todesfall in Locust Point interessiert?"

„Ja." Gewissermaßen. „Ich habe gehört, Sie hätten Informationen zu einem Fall, der sich vor Jahren zugetragen hat - Desiree Trottenhaus. Sie ist bei einem Sexspiel gestorben und David Briscane hat das Verbrechen gestanden."

„Er hat es nicht getan und es war kein Sexspiel, das schiefgelaufen ist. Ich meine, ja, Desiree wurde für Sex bezahlt und es war Teil der Abmachung mit einem bestimmten Typen, aber es war nicht David. Und es war kein Unfall. Dieser Typ wusste genau, was er tat. Er hat sie absichtlich getötet."

„Moment mal, woher wissen Sie, dass es nicht David war?"

Sheila schniefte. „Weil Desiree es für Geld getan hat. Teenager haben kein Geld. Außerdem hat sie gesagt, dieser Typ sei ungefähr so alt wie ihr Vater. Es sei irgendwie ekelhaft gewesen, aber er hätte gut bezahlt. Das Würgespiel hat damit angefangen, dass er einfach die Hände um ihren Hals gelegt hat. Dann hat er bei jedem Mal mehr zugedrückt, bis sie ohnmächtig geworden ist. Sie hat gesagt, es sei ein Hochgefühl gewesen und es hätte ihr gefallen."

Nichts davon ergab einen Sinn. „Und warum hätte er sie umgebracht, wenn es ihr gefiel und sie bereitwillig mitgemacht hat?"

„Weil sie erst sechzehn war und den Mund nicht halten konnte. Bizarre Dinge mit einem Jungen auszuprobieren, der ein Jahr älter ist, ist eine Sache. Solche Dinge mit einem erwachsenen Mann zu tun, eine ganz andere."

Es ging nicht nur darum, dass es sich um ziemlich bizarre Dinge gehandelt hatte, sie war minderjährig gewesen. Dieser Kerl hatte viel zu verlieren, wenn die Sache aufflog, und wenn Caryn Swanson ihr schwarzes Buch aushändigte, würde der Verdacht früher oder später auf ihn fallen.

David Briscane war unschuldig. Mir fiel nur eine einzige Person ein, für die er den Kopf hingehalten hätte. Eine Person, die Macht und Einfluss auf ihn hatte. Eine Person, die sich durchsetzen und dafür sorgen konnte, dass er mit einer Bewährungsstrafe wegen fahrlässiger Tötung davonkam. Eine Person, die ihm viel Geld gab, anstatt ihn rauszuschmeißen. Als Minderjähriger würde er auch im Falle einer Verurteilung keinen Strafregistereintrag bekommen.

„Wären Sie bereit, eine Aussage zu machen? Auf dem Polizeirevier?"

Sie schnaubte. „Natürlich. Ich bin schon damals zur Polizei gegangen, aber einem Teenager aus einer schlechten Gegend haben sie nicht geglaubt. Ich habe keine Angst vor diesem Kerl und will, dass Desirees wahrer Mörder im Gefängnis landet."

Gut, denn genau das wollte ich auch. Ich bedankte mich bei Sheila und sagte, ich würde mich wieder bei ihr melden. Dann setzte ich mich ins Auto und fuhr zu Raststätte.

Trip. Das war der Name des Kerls, der Dart spielte und einen Kastenwagen fuhr, mit dem er Türen und Fenster lieferte. Er grinste, als er mich erblickte, und streckte mir ein paar Pfeile entgegen.

„Haben Sie Lust auf ein Spiel? Die nächste Runde geht auf den Gewinner."

„Eigentlich wollte ich Sie um einen kleinen Gefallen bitten. Es geht um Überwachungsarbeit."

Trip legte die Dart-Pfeile auf den Tisch und nahm sein Bier. „Lassen Sie mich raten. Sie wollen, dass ich vor dem Haus einer Frau campiere und Fotos von ihr mache, wenn sie Sex mit dem Gärtner hat?"

„Nein, ich möchte, dass sie den hinteren Teil des Parkplatzes überwachen. Dort, wo die LKW-Fahrer übernachten und dieses Auto stand. Heute Abend wird jemand dort auftauchen. Jemand, der kein LKW-Fahrer ist. Ich möchte, dass Sie Fotos von ihm machen und notieren, wann er kommt, wann er geht und was er tut."

Trip hielt den Daumen hoch. „Wie viel springt dabei für mich raus?"

Ich hatte nicht viel Geld dabei und keine Ahnung, wie

viel ich ihm dafür geben sollte. Ich rechnete aus, wie viel ein halbes Dutzend Biere und ein anständiges Steak kosten würde, und nannte ihm den Betrag.

Er nickte. „Hört sich gut an. Heute Abend ist ohnehin niemand da, mit dem ich Dart spielen könnte. Na ja, jedenfalls niemand, der nach der Happy Hour noch stehen kann."

Ich gab Trip meine Handynummer und bat ihn, mir die Einzelheiten und Fotos noch heute Abend per SMS zu schicken, egal, wie spät es war. Dann gab ich ihm die Hälfte des Geldes und versprach, dass er die andere Hälfte bekommen würde, wenn ich alles hatte. Er verließ das Gebäude und ging zum Parkplatz, auf dem vier Sattelschlepper standen. Ich stieg in mein Auto und fuhr nach Hause. Und wartete.

## 24

Ich starrte auf die Fotos, als Richter Beck die Treppe herunterkam. Die Yoga-Übungen mit Daisy waren alles andere als entspannend gewesen, nachdem ich nur drei Stunden geschlafen und mich die ganze Nacht hin und her gewälzt hatte.

Bürgermeister Briscane. Ich konnte es nicht fassen. Er war angenehm, gut gelaunt, glücklich verheiratet und hatte einen verkommenen Sohn – einen Sohn, für den er alles getan hätte. Bürgermeister Pete Briscane hatte ein Geheimnis. Er hatte eine Vorliebe, die seine Karriere und seine Ehe ruinieren würde, wenn sie ans Licht kam. Sie würde sogar mehr als nur seine Ehe und Karriere ruinieren, sie würde ihn ins Gefängnis bringen.

Ich wusste zwar, was passiert war, aber ich hatte keine Beweise. Alles, was ich hatte, war die Aussage einer jungen Frau, die behauptete, ein längst verstorbenes Mädchen hätte ihr gesagt, es habe keine Sexspiele mit einem Teenager sondern mit einem erwachsenen Mann gespielt. Ich hatte eine Verbindung zu der einzigen Person hergestellt, um die es sich handeln konnte. Die einzige Person, für die

David Briscane den Kopf hinhalten würde. Und ich hatte dieses Foto von Bürgermeister Briscane, der neben den geparkten LKWs auf dem Parkplatz auf mich wartete.

Es waren alles nur Indizien. Pete konnte einfach sagen, er hätte befürchtet, dass es David gewesen sei, und wissen wollen, wie viel ich herausgefunden hatte, damit er selbst beurteilen konnte, ob sein Sohn einen vorsätzlichen Mord begangen hatte. Sheila würde unglaubwürdig erscheinen, wenn sie sich nicht an jedes einzelne Wort erinnern konnte, das Desiree vor Jahren zu ihr gesagt hatte. Oder es würde ihr unterstellt werden, sie hätte die Männer verwechselt - oder, dass Desiree gelogen hatte. Die Einträge im schwarzen Buch waren in einem nicht zu entziffernden Code abgefasst und Sydney würde nicht aussagen wollen, dass Caryn bizarre Sexspiele mit jemanden getrieben hatte, der ihr eine ganze Stange Geld dafür zahlte, sie während des Aktes zu würgen.

„Gibt es heute Morgen gar keine Muffins?", fragte Richter Beck neckend. Er trug wieder seine karierte Pyjamahose und ein weißes T-Shirt. Sein Haar war zerzaust und er hatte einen Dreitagebart. Ich hatte gehört, dass er erst nach Mitternacht nach Hause gekommen war, und war überrascht, dass er so früh schon auf den Beinen war.

„Nein, ich musste bis spät abends arbeiten. Aber ich habe Kaffee gekocht. Bedienen Sie sich."

Er verschwand in der Küche und kam mit einer Tasse in der einen und der Kaffeekanne in der anderen Hand wieder zurück und schenkte mir mehr Kaffee ein.

„Ist das Pete?" Er beäugte das Foto, das ich von meinem Handy auf den Computerbildschirm übertragen hatte. „Auf der Raststätte? Spät abends?"

Ich nickte. „Als ich gestern das Büro verlassen habe, lag eine Notiz vor der Tür. Hier." Ich reichte sie ihm.

Er las sie und blickte dann wieder auf den Bildschirm. „Und Sie haben anstatt die Polizei den Bürgermeister angerufen? Ermittelt er jetzt in diesem Fall?"

Ich erzählte ihm alles; von Sydney über Sheila bis hin zu Trips abendlicher Überwachungsarbeit. Der Richter hörte geduldig zu und kratzte sich an der Wange.

„Nur wird leider nichts davon vor Gericht standhalten."

„Ich weiß." Ich sah zu ihm hoch. „Aber Sie glauben mir doch, nicht wahr? Ich kann mir nicht vorstellen, dass Pete Briscane so etwas tun würde, aber alles andere ergibt keinen Sinn. Und er ist gestern Abend auf der Raststätte aufgetaucht."

„Das ist zwar eine glaubwürdige Theorie, aber die Verteidigung wird die Schlupflöcher ausnutzen und Millionen von Möglichkeiten finden, Zweifel zu säen. Sie brauchen mehr als das. Es muss jemand eine Aussage machen, der weiß, was er getan hat, um ihn mit dem Sexspiel und dem Prostitutionsring in Verbindung zu bringen. Caryn war in den letzten Jahren bestimmt nicht seine einzige Partnerin. Die Polizei muss nur eine weitere Zeugin finden, die ihn belastet. Vielleicht können die Ermittler den Code im schwarzen Buch entziffern oder Beweise dafür finden, dass Pete bei Caryn ein und aus gegangen ist."

„Er muss gespürt haben, dass die Sache brenzlig wird", sinnierte ich. „Sonst hätte er wohl kaum eine Notiz geschrieben und wäre das Risiko eingegangen, sich mit mir zu treffen."

„Vielleicht hat J.T. ihm einen Tipp gegeben und er wollte Ihnen Geld dafür geben, dass Sie seinen Sohn nicht verraten." Richter Beck zuckte mit den Schultern.

„Sie meinen, er wollte mich dafür bezahlen, die Identität eines Mörders zu verschweigen?" Gütiger Himmel, er hätte genauso gut selbst der Mörder sein können. Gerüchte über eine Anklage wegen fahrlässiger Tötung zu vermeiden war eine Sache. Einen vorsätzlichen Mord zu vertuschen eine ganz andere.

„Vielleicht denkt er, dass Davids Name in diesem schwarzen Buch steht, und nicht, dass er der Mörder ist."

Das ergab immer noch keinen Sinn. „In der Stadt weiß jeder, dass David viel Ärger gemacht hat. Wenn herauskommen würde, dass er der Mörder ist, würde niemand Pete dafür verantwortlich machen. Er hat alles für diesen Jungen getan. Vermutlich hätten die Leute sogar Mitleid mit ihm. Meine Intuition und alles, was ich bisher herausgefunden habe, deuten darauf hin, dass Pete der Mörder ist. Er ist derjenige, der Desiree Trottenhaus umgebracht hat. Und dann hat er seinen Sohn dafür bezahlt, die Schuld auf sich zu nehmen."

Richter Beck stellte seine Kaffeetasse auf den Schreibtisch. „Wenn das stimmt, Kay, dann ist er gefährlich. Sie dürfen nicht alleine weitermachen. Gehen Sie zur Polizei und halten Sie sich aus der Sache raus. Wenn Pete bereits zwei vorsätzliche Morde begangen hat, wird er kein Problem damit haben, einen dritten zu begehen."

Ich kaute auf meiner Unterlippe herum und überlegte. Pete hatte gute Beziehungen im Gericht und bei der Polizei. Er war ein toller Kerl. Diese Geschichte würde niemand glauben und ich hätte wetten können, dass es mir nicht gelingen würde, genügend Beweismaterial zu beschaffen, um ihn verhaften zu lassen, während in diesem Fall ermittelt wurde, ganz zu schweigen davon, eine Verurteilung zu erwirken. Alles, was ich hatte, war die Aussage eines Mädchens, die als Hörensagen abgetan würde, ein nicht entzifferbares schwarzes Buch, eine Prostituierte, die nicht aussagen wollte, und ein paar Handyfotos vom Bürgermeister, der auf der Raststätte stand. Es reichte nicht.

„Okay. Ich werde duschen und dann fahren wir los. Ich weiß, dass Sie die Sache nicht auf sich beruhen lassen werden, und habe wirklich Angst um Sie, Kay."

Ich blickte ihn erstaunt an. „Wohin fahren wir?"

„Nach Stenburg. Wir werden dort in einem Grillrestaurant zu Mittag essen."

## 25

David Briscanes Grillrestaurant war nicht so unscheinbar, wie ich angenommen hatte. Es war so groß wie die meisten Restaurants bekannter Ketten. Neben der Bar standen drei Billardtische und es war im Biker-Stil dekoriert. Im Hintergrund spielte leise Blues-Musik, die nur knapp das Gemurmel der Gäste übertönte. Wir mussten warten, bis ein Tisch frei wurde. Ich war so hungrig, dass mir der Magen knurrte. Ich schritt vor dem Pult der Hostess auf und ab und sog den Duft von geräuchertem Schweinefleisch und Rinderbrust ein.

Wie viel Geld hatte Pete seinem Sohn gegeben? Wie viel hatten das College und das Restaurant gekostet? Ich hatte angenommen, dass er ihm um die zwanzig Riesen für die Geschäftsgründung gegeben hatte, aber jetzt, wo ich sah, wie groß das Restaurant war, wusste ich, dass es mehr als eine Villa gekostet haben musste. Pete und seine Frau mussten sich an den Rand des Bankrotts bewegt haben, um das alles auf die Beine zu stellen. Ein ziemlicher Aufwand für einen verkommenen Sohn, der mehrfach mit dem

Gesetz in Konflikt geraten und aus dem College geschmissen worden war.

Außerdem hatte meine Fallsuche ergeben, dass David finanzielle Probleme hatte. Das Restaurant schien beliebt zu sein, entweder ging das Geld woanders hin oder David hatte seine Finanzen nicht im Griff. Oder er war einfach zu faul, um seine Rechnungen zu bezahlen.

Ich bestellte ein Pulled-Pork-Sandwich und Richter Beck geschnetzeltes Rindfleisch. Das Essen wurde auf riesigen Tellern mit Pommes, Krautsalat und einer Schale gebackenen Bohnen serviert. Die Kellnerin stellte einen Korb mit Maisbrot auf den Tisch und schenkte Eistee nach, während ich in mein Sandwich biss.

Heiliger Strohsack, es schmeckte fantastisch. Richter Beck fragte die Kellnerin, ob David da sei, während ich eifrig weiter aß. Das Schweinefleisch hatte einen leichten Essiggeschmack, war mit einer Senfsauce mariniert und wurde von einem dicken Kartoffelbrötchen zusammengehalten. Die Pommes hatten einen Biermantel und der Krautsalat war perfekt gewürzt. Als ich das Maisbrot probierte, nahm ich mir vor, ein Rezept dafür herauszusuchen. Es hatte die Konsistenz von Kuchen, schmeckte süß und war von Maiskörnern durchzogen. Das würde ich hinbekommen. Vielleicht würde ich auch eine trockenere Variation backen, die Käse und Jalapeños enthielt, und sie zu einem Chili servieren. Ich fragte mich, ob die Kinder Chili mochten. Mochte Richter Beck Chili?

Als David Briscane an unserem Tisch erschien, hatten wir fertig gegessen und tranken Tee. Er zog einen Stuhl heran, drehte ihn um und setzte sich rittlings darauf. Er schenkte uns ein warmes, aufrichtiges Lächeln.

„Es ist schön, Leute aus Locust Point hier zu sehen. Ich war schon seit Jahren nicht mehr zu Hause. Mrs. Carrera, ich weiß, dass Sie mich nicht kennen, aber Ihr Mann hat unser Junioren-Baseballteam trainiert, als ich acht war. Es tut mir leid, dass er gestorben ist. Mein herzliches Beileid."

Ich hatte nicht erwartet, dass sein Restaurant so groß und beliebt war, und erst recht nicht, dass Petes verkommener Sohn so höflich und zuvorkommend war. Aber Pete sah schließlich auch nicht wie ein Mörder aus.

Richter Beck stellte sich vor, nickte mir zu und gab mir zu verstehen, dass ich übernehmen sollte. David sah mich stirnrunzelnd an, bevor ich etwas sagen konnte. „Ist das etwa eine Intervention? Ich gehe jetzt nämlich zu Treffen der Anonymen Alkoholiker. Ich kann Ihnen die Telefonnummer meines Sponsors geben. In den letzten dreißig Tagen habe ich kein einziges Treffen verpasst."

„Es ist eine andere Art von Intervention", erklärte ich. „Ich arbeite für J.T. Pierson und kümmere mich um Zielfahndungen. Caryn Swanson war eine unserer Kautionskundinnen."

David rutschte auf seinem Stuhl herum und starrte auf seine Hände. „Ich habe gehört, sie sei umgebracht worden."

Ich beschloss, direkt auf den Punkt zu kommen und die Sache nicht unnötig in die Länge zu ziehen. „Sie wurde von einem Kunden getötet, der befürchtet hat, während ihres Gerichtsprozesses entlarvt zu werden. Jemand, der sie für Atemspiele beim Sex bezahlt hat."

Seine Kiefermuskeln spannten sich an. „Und Sie sind hier, weil Sie trotz meiner versiegelten Strafakte herausgefunden haben, was mit Desiree passiert ist, und nun denken, ich sei Caryn Swansons Kunde und hätte sie umgebracht."

„Nein, ich denke, dass Ihr Vater Caryns Kunde war und sie ermordet hat." Ich machte kurzen Prozess.

Einen Moment lang verkrampfte sich jeder Muskel in

Davids Körper und er stieß einen langen Seufzer aus. „Was damals mit Desiree passiert ist, war ein Unfall. Wir haben Dinge ausprobiert, die wir im Internet gesehen haben, und sind zu weit gegangen. Ich habe alles gestanden."

Mir fiel auf, dass er nichts zur Verteidigung seines Vaters vorbrachte. „Pete kam zu Ihnen und hat sie gebeten, an seiner Stelle ein Geständnis abzulegen. Die Jury hätte ihn ziemlich in die Mangel genommen. Es hätte ihm niemand geglaubt, dass es ein Unfall gewesen war. Er wäre wegen vorsätzlicher Tötung verurteilt und als Pädophiler gebrandmarkt worden. Seine Karriere und seine Ehe wären ruiniert gewesen und er hätte eine lange Gefängnisstrafe bekommen. Sie waren minderjährig. Das Gericht hat Gnade walten lassen und Ihnen nur eine milde Strafe auferlegt. Ihre Strafakte ist versiegelt worden. Sie wollten nicht, dass Ihr Vater ins Gefängnis kommt und Ihre Familie ruiniert wird. Außerdem hat Pete Ihnen viel Geld dafür angeboten."

„Ich habe die Tat gestanden", wiederholte David. „Ich habe eine Bewährungsstrafe bekommen. Damit hat sich die Sache. Sie können so lange spekulieren, wie Sie wollen, aber ich wurde wegen fahrlässiger Tötung verurteilt. Der Fall ist abgeschlossen."

„Ist er das?", fragte Richter Beck. „Sie haben gesagt, Sie seien seit Jahren nicht mehr in Locust Point gewesen, aber Ihr Vater hat gesagt, Sie hätten sich letztes Wochenende dort mit ihm getroffen. Zweifellos, weil Sie mehr Geld von ihm wollten. Erpressen Sie ihn mit Desirees Tod? Drohen Sie ihm damit, die ganze Sache auffliegen zu lassen, wenn er Ihnen kein Geld mehr gibt?"

Ich hatte keine Ahnung, was Richter Beck im Schild führte, bis ich den Zorn in Davids Augen sah.

„Ich habe meinen alten Herrn seit zehn Jahren um keinen Cent mehr gebeten. Er hat mich angerufen. Er war derjenige, der wollte, dass ich an diesem Wochenende nach Hause komme. Ich dachte, Mama wäre krank. Ich hätte niemals gedacht …"

„Sie hätten niemals gedacht, dass er Sie bitten würde, wegen eines weiteren Mordes den Kopf für ihn hinzuhalten, nicht wahr?", fragte ich leise. „Hat er Ihnen gesagt, dass er Kunde von Caryn Swanson war und sein Name in diesem schwarzen Buch steht? Hat er Ihnen gesagt, dass er befürchtet hat, dass seine bizarren Vorlieben im Rahmen ihres Plädoyers zur Sprache gekommen wären und dies seine Karriere beendet hätte? Hat er Ihnen gesagt, dass jemand die Verbindung zu Desirees Mord vor zehn Jahren hergestellt hätte, wenn Caryn mit seinen Vorlieben an die Öffentlichkeit gegangen wäre?"

David schüttelte den Kopf und stand auf. „Hören Sie, es ist schön, dass Sie hierhergekommen sind, aber Sie liegen falsch."

„Sind Sie sicher?", fragte Richter Beck. „Ihnen ist bestimmt bewusst, dass Sie der Hauptverdächtige sind, David. Sie werden die Sache ausbaden müssen, ob Sie wollen oder nicht. Der Name Briscane in diesem schwarzen Buch, die Atemspiele, die vorhergehende Straftat. Nur werden Sie dieses Mal für den Rest Ihres Lebens im Gefängnis landen. Dieses Mal war es keine fahrlässige Tötung, sondern vorsätzlicher Mord. Sie werden einmal mehr den Preis für die Sünden Ihres Vaters zahlen müssen."

Der Mann hielt den Atem an und setzte sich langsam wieder auf den Stuhl. „Als ich letztes Wochenende zu Hause war, hat er mir erzählt, Caryn sei von einem Kunden getötet worden. Und er hat gesagt, dass der Verdacht aufgrund ihrer Notizen auf mich fallen würde. Er wollte, dass ich das Land verlasse und nach Mexico flüchte. Er wollte mir Geld dafür geben. Ich dachte … ich dachte, er wollte verhindern, dass ich fälschlicherweise beschuldigt werde und im Gefängnis lande."

„Aber Sie haben das Land nicht verlassen", sagte ich herausfordernd.

„Nein. Ich war wütend, weil er nach allem, was damals passiert ist, immer noch Frauen für *solche Dinge* bezahlt hat. Er hat seine Lektion nicht gelernt, selbst nachdem er Desiree versehentlich getötet hat. Aber das war nicht der einzige Grund. Ich habe mir hier ein Leben aufgebaut. Ich führe ein erfolgreiches Geschäft und habe eine Freundin. Früher hatte ich zwar viele Probleme, aber ich bin in Behandlung und versuche, die Dinge zum Guten zu wenden. Ich bin bereit, das Risiko eines Gerichtsprozesses in Kauf zu nehmen und vertraue darauf, dass meine Unschuld bewiesen wird. Ich kann nicht einfach alles zurücklassen, was ich mir aufgebaut habe, und weglaufen."

Es reichte immer noch nicht. David konnte zwar bezeugen, dass es sein Vater gewesen war, der Desiree getötet hatte, aber es gab nichts, was ihm mit dem Mord an Caryn Swanson in Verbindung brachte. Alles, was ich beweisen konnte, war, dass Pete auf Atemspiele stand. Er hatte ein Motiv, aber das traf bestimmt für die meisten ihrer Kunden zu.

„Sie waren also letztes Wochenende zu Hause?", fragte Richter Beck. „Wann haben Sie mit Ihrem Vater gesprochen?"

David runzelte kurz die Stirn. „Am Samstagnachmittag. Ich bin am Freitagabend, nachdem wir hier geschlossen hatten, losgefahren, habe ihn jedoch erst am Samstag gegen Mittag gesehen."

Ich hatte Caryn Swansons Leiche erst am Dienstag gefunden. Das bewies, dass Pete Briscane der Mörder war. Der Richter warf mir einen kurzen Blick zu.

„Vermutlich müssen Sie vor Gericht aussagen, David."

Der Mann schluckte und nickte. „In Ordnung. Er ist selbst an allem schuld. Wenn er seine Lektion gelernt hätte, wäre es nicht zu diesem Skandal gekommen. Aber nur, weil mein Vater solche Dinge tut, heißt das noch lange nicht, dass er ein Mörder ist. Was mit Desiree passiert ist, war ein Unfall. Er ist kein kaltblütiger Mörder. Nicht Papa."

Wir bezahlten unsere Rechnung und gingen schweigend zum Auto. Keiner von uns sagte ein Wort, bis wir auf der Schnellstraße waren.

„Erinnern Sie mich bitte daran, niemals mit Ihnen Poker zu spielen", sagte ich zu Richter Beck. „Sie bluffen wie ein Profi."

„Gleichfalls. Ihnen ist bestimmt klar, dass wir außer Davids Aussage, dass Pete von Caryns Tod gewusst hat, bevor ihre Leiche entdeckt wurde, nichts Konkretes haben."

Ich nickte. „Wird David als Zeuge zuverlässig genug sein, um eine Anklage wegen Mordes aufrechtzuerhalten?"

Der Richter schüttelte den Kopf. „Es gibt eine Menge Zufälle und wir haben nur die Aussage eines Mannes, der in der Vergangenheit ziemlich viele Probleme hatte. Pete wird einfach behaupten, sein Sohn würde lügen. Dem Bürgermeister wird man eher glauben als ihm. Wir werden zur Polizei gehen und mit dem zuständigen Ermittler sprechen, aber es muss noch viel mehr ans Licht kommen, bevor wir auch nur daran denken können, Pete anzuklagen."

Ich seufzte und fragte mich, ob unser Bürgermeister einmal mehr ungeschoren davonkommen würde, wie damals, als er Desiree getötet hatte. Ich würde ihm nie wieder in die Augen sehen können, wenn ich ihn in J.T.s Büro, bei der Regatta oder anderen Veranstaltungen traf. Ich wusste zu viel.

„Haben Sie Geduld, Kay", sagte Richter Beck. „Überlassen Sie es dem Ermittler und vertrauen Sie darauf, dass die Gerechtigkeit siegen wird. Sie haben den Fuchs aus seinem Bau getrieben. Jetzt sind die großen Hunde an der Reihe."

Manchmal passten die großen Hunde nicht in den Fuchsbau. Manchmal musste ein Bullterrier die Arbeit erledigen. Aber ich war nicht dieser Bullterrier. Richter Beck hatte recht. Ich war tagelang mit diesem Fall beschäftigt gewesen. Es war Zeit, dass die Polizei ihre Arbeit erledigte.

„Okay, Sie haben gewonnen. Jetzt sind die großen Hunde dran."

## 26

Ich verbrachte den Rest des Wochenendes damit, einen halbwegs brauchbaren Topflappen zu stricken, einen Plan für meinen Gemüsegarten zu erstellen, zu lesen und nicht an Caryn Swanson oder Pete Briscane zu denken. Das war schwierig, weil Daisy jeden Morgen nach dem Yoga über den Fall sprechen wollte. Ich sagte jedoch kein Wort und versuchte, mich so beschäftigt wie möglich zu halten.

Richter Beck hielt sein Versprechen und ging am Sonntagnachmittag mit Madison einkaufen. Der arme Kerl sah aus, als könnte er einen Whisky vertragen, als die beiden mit Einkaufstüten beladen wieder nach Hause kamen. Madison führte uns mehrere Kleider und unzählige Röcke und T-Shirts vor. Dann durfte ich einen Blick auf die neu erstandene Lidschattenpalette und einen Stift werfen, mit dem sich perfekte Augenbrauen zeichnen ließen, wie sie behauptete.

Es gefiel mir. Richter Beck offensichtlich auch, obwohl er aussah, als hätte er mehr als genug Teenie-Mode und Make-up gesehen. Als ihre Mutter draußen hupte und sie abholte, hüpfte Madison vor Aufregung auf und ab. Sie schnappte sich ihre Einkaufstüten und war schon fast bei der Tür angelangt, als sie umdrehte und in die Arme ihres Vaters rannte.

„Danke Papa. Ich hab dich lieb."

„Ich hab dich auch lieb, Maddy."

Ich sah, wie sein Gesicht aufleuchtete, als seine Tochter ihn umarmte. Er winkte ihr nach und beobachtete, wie der Wagen davonfuhr. Dann drehte er sich zur Treppe um und ging in sein Zimmer hinauf. Er liebte seine Kinder. Und ich war ziemlich sicher, dass er Heather auch immer noch liebte. Diese ganze Geschichte musste sich anfühlen, als würde ihm jemand ein Messer in die Brust stechen.

Am Montagmorgen saß ich wieder an meinem Schreibtisch, kämpfte mich durch weitere CreditCorp-Akten und führte zwei Hintergrundüberprüfungen für neue Kautionsanträge durch. J.T. war spät dran, aber das war an einem Montagmorgen nicht ungewöhnlich. Er hielt unterwegs oft beim Gerichtsgebäude an oder traf sich mit potenziellen Klienten. Als es zehn Uhr war, konnte ich der Versuchung nicht länger widerstehen. Ich legte die Akten beiseite und loggte mich erneut bei Caryn Swansons Social-Media-Accounts ein, um mir die Fotos der letzten sechs oder sieben Monate anzusehen. Außer Fotos von Veranstaltungen ihres Unternehmens war da nicht viel. Ein paar Urlaubs- und Familienfotos und ein paar Selfies.

Eines der Selfies stach mir jedoch ins Auge. Es war eines dieser schrecklichen Badezimmerfotos, die vor dem Spiegel aufgenommen worden waren. Anstelle einer Toilette oder einer schmutzige Badewanne war im Hintergrund eine Tür zu sehen, die in eine Art Schlafzimmer führte.

Und in diesem Schlafzimmer stand ein Mann mit nacktem Oberkörper, der sich die Hose auszog. Ich schnappte nach Luft, vergrößerte das Foto und hoffte, dass ich mit meiner Vermutung richtiglag.

Pete Briscane. Das war der Beweis dafür, dass er Sex mit Caryn gehabt hatte und vielleicht sogar einer ihrer Kunden gewesen war. Vielleicht würde dies - zusammen mit den anderen Indizien und Davids Zeugenaussage - ausreichen, um ihn vor Gericht zu bringen. Vielleicht.

Es klingelte an der Tür und ich sah mit einem Lächeln im Gesicht auf, um meinen Chef zu begrüßen. Es war jedoch nicht J.T., der auf mich zukam. Es war unser Bürgermeister.

Er warf einen Blick auf meinen Computerbildschirm und seine Augen verengten sich. „Schade, dass Sie nicht zur Raststätte kommen konnten, Kay."

Das Herz klopfte mir bis zum Hals. Er blockierte meinen einzigen Fluchtweg. Ich würde keines der Telefone erreichen können, wenn er sich auf mich stürzte. Er wog ungefähr dreißig Kilo mehr als ich. Außerdem war er geübt darin, Frauen zu erwürgen. Ich hingegen hatte keine Übung darin, Mördern zu entkommen.

Er schien mich jedoch nicht erwürgen zu wollen. Pete zog eine Pistole aus seiner Jackentasche und entsicherte sie.

„J.T. wird jede Minute hier sein", sagte ich.

„Nein, das wird er nicht. Ich treffe mich mit ihm zum Brunch. Ich werde Sie beseitigen, mit meinem alten Freund frühstücken gehen und so tun, als wäre ich genauso schockiert wie er, wenn er Ihre Leiche findet."

„David hat uns alles erzählt", sagte ich und versuchte verzweifelt, Zeit zu gewinnen, um mir einen Ausweg auszudenken. Würde es mir gelingen, den Schreibtisch umzukippen und ihn als Schutzschild zu benutzen? Sollte ich ihm einen Bleistift ins Auge rammen? „David hat Richter Beck und mir alles erzählt. Ich bin nicht die Einzige, die

Bescheid weiß. Wir wissen von Desiree und Ihrem Fetisch. Und wir wissen, dass Sie einer von Caryns Kunden waren."

Er zuckte mit den Schultern. „Dafür gibt es keine Beweise. Die Ermittler unserer illustren Kleinstadtpolizei sind Stümper. Sie fallen auf die einfachsten Tricks rein. Sie sind die Einzige, die die Teile zusammengefügt hat, Kay. Ich muss dafür sorgen, dass Sie nicht noch mehr Dreck aufwirbeln und mir das Leben schwer machen. Dieser Fall muss aus dem Weg geräumt werden und das gilt auch für Sie."

Ich knirschte mit den Zähnen und war bereit, mich auf ihn zu stürzten, als es wieder an der Tür klingelte. Dann verging eine Sekunde, in der die Zeit stehenzubleiben schien. Pete sah zur Tür hinüber. Ich duckte mich und kroch unter den Schreibtisch. Dann attackierte ein stämmiger Kerl mit Bartstoppeln und Cowboystiefeln den Bürgermeister.

Die Waffe ging los. J.T. verpasste ihm einen erstaunlich guten rechten Haken und als ich wieder unter dem Schreibtisch hervorkroch, hatte mein Chef die Waffe in der Hand. Pete lag mit dem Gesicht nach unten auf dem Boden, seine Arme waren auf den Rücken gedreht und J.T. drückte ihn mit seinem Knie nieder. Ich wählte die Nummer des Notrufs. Da das Gerichtsgebäude direkt gegenüber lag, standen ein paar Sekunden später ein halbes Dutzend Polizisten in unserem Büro.

Pete wurde in Handschellen abgeführt, die Waffe wurde in eine Plastiktüte gepackt und es wurden Zeugenaussagen aufgenommen. Ich starrte auf das Einschussloch in der Bürowand und dann auf meinen Computerbildschirm, auf dem ein halbnackter Pete Briscane hinter Caryn Swanson in einem Hotelzimmer zu sehen war.

In diesem Moment begann ich zu zittern und bekam

weiche Knie. Zum Glück stand mein Bürostuhl direkt hinter mir.

„Ist alles in Ordnung mit Ihnen, Kay?", fragte J.T.

Er war ganz rot im Gesicht und seine Augen leuchteten vor Aufregung. Ich hatte angenommen, dass ihn die Verhaftung seines Freundes schockieren oder entsetzen würde, aber das schien nicht der Fall zu sein. Ich fand schnell heraus, warum.

„Haben Sie das auf Video aufgezeichnet? Hat irgendjemand ein Video aufgenommen? Haben Sie das gesehen? Das ist Material für eine Reality-Show. *Snake* stürzt sich nicht auf Politiker, die versuchen, seine Assistentin zu töten. Wenn niemand ein Video aufgenommen hat, muss ich die Szene nachspielen. Denken Sie, dass das funktionieren könnte? Wir könnten die Worte *Nachgespielte Szene* über den Bildschirm wandern lassen. Genau. Ich werde dafür sorgen, dass mein Kopf frisch rasiert ist, und einen Cowboygürtel tragen."

Ich mochte J.T. Er hatte mir das Leben gerettet, und wenn er wollte, dass ich eine Videokamera auf ihn richtete, während er sich auf einen Schauspieler stürzte, der Pete Briscane spielte, würde ich das gerne tun.

„Es ist wirklich Material für eine Reality-Show. Diese ganze Woche war wie eine Episode aus *Snake, Bounty Hunter*."

Mein Chef stellte sich mit geschwellter Brust vor mich hin. „Nur heißt diese Show *Pierson, Bounty Hunter*."

## 27

Neuigkeiten verbreiten sich schnell in einer kleinen Stadt wie Locust Point. Als ich nach Hause kam, stand Daisy mit einer Flasche Wein und zwei Gläsern in der Hand vor meiner Tür.

„Du meine Güte, Kay. Ich weiß nicht, was mich mehr schockiert hat, dass Pete Briscane ein Mörder ist oder dass du beinahe in deinem Büro erschossen wurdest."

Es klang zwar unglaublich dramatisch, aber genau das war passiert. Vielleicht hatte J.T. recht und wir hatten tatsächlich das Zeug zu einer guten Reality-Show - oder zumindest zu einem „Lifetime"-Sonderfilm.

„Ich bin heilfroh, dass J.T. im Büro vorbeigekommen ist, um ein paar Akten zu holen", sagte ich, während ich die Tür aufschloss.

Sie schüttelte den Kopf. „J.T. Pierson, Action-Held. Wer hätte das gedacht? Eine weitere Sache, die mich schockiert. Es ist unglaublich, was sich heute alles zugetragen hat. Fehlt nur noch, dass du mir sagst, dass Taco einen Bestseller schreibt und Richter Beck an meinem Geburtstag halbnackt einen Poledance aufführen wird."

Daisys Vorstellungskraft hatte wieder einmal Flügel bekommen. „Ich glaube, drei unglaubliche Ereignisse in einer Woche sind genug."

Sie schenkte den Wein ein und reichte mir ein Glas. „Mein Geburtstag ist erst in drei Wochen, Richter Beck hat noch Zeit zum Üben."

Wir tranken unseren Wein und nach einer Weile fühlte ich mich nicht mehr wie ein Beinahe-Mordopfer. Als Richter Beck und die Kinder nach Hause kamen, hatte ich mich wieder beruhigt. Ich musste noch einmal die ganze Geschichte erzählen und Henry, Madison und Daisy spielten die Szene in meinem Wohnzimmer nach. Der Richter verkündete, es sei der perfekte Abend für Pizza, und wir aßen alle zusammen in meinem Esszimmer.

Als sie das letzte Stück ihrer Vier-Käse-Pizza verzehrt hatten, gingen die Kinder nach oben, um ihre Hausaufgaben zu machen. Wir blieben sitzen und unterhielten uns. Richter Beck gesellte sich mit einem Glas Wein zu uns. Eine Weile später zog er sich in sein Zimmer zurück und Daisy ging mit der leeren Weinflasche in der Hand nach Hause. Ich blieb alleine im Esszimmer sitzen.

Aber ich war nicht alleine. Ich hatte gute Freunde. Ich hatte einen Chef, der einen Mörder überwältigt und entwaffnet hatte. Ich hatte einen Mitbewohner mit zwei Kindern, die zu einer Art Familie geworden waren. Ich hatte meinen geliebten Taco. Und ich hatte Herrn Glaskörperflocke, der wieder zurückgekehrt war und knapp außer Sichtweite in der Ecke des Esszimmers schwebte. Dieser neue Abschnitt in meinem Leben kam mir nicht mehr ganz so beängstigend vor. Ich hatte sogar irgendwie das Gefühl, dass sich dieser neue Lebensabschnitt zu etwas Großartigem entwickeln könnte.

Ich hob Taco hoch und ging zur Treppe, die in den Fernsehraum im Keller führte. Eine romantische Komödie? Genau. Es war ein ausgezeichneter Abend für eine romantische Komödie. Ich sah den Schatten in meinem Augenwinkel und riss den Kopf zur Seite.

„Na los. Du auch, Herr Glaskörperflocke. Wenn du Glück hast, darfst du heute Abend den Film aussuchen."

LADEN Sie das nächste Buch der Reihe herunter:

Der Mann vom Schrottplatz, Detektivgeschichten aus Locust Point, Buch 2

# WEITERE ROMANE VON LIBBY HOWARD

**Detektivgeschichten aus Locust Point:**
Die Enthüllung
Der Mann vom Schrottplatz
Antike Geheimnisse
Der Lokalmatador
Ein literarischer Skandal
Die Wurzel allen Übels
Der Grabplatz
Das letzte Abendmahl
Tod um Mitternacht
Feuer und Eis
Der Rassenbeste
Kalte Gewässer
Fünf für einen Dollar
Einsame Herzen
Die Zerrspiegel

**Reckless Camper Mystery Series -**

The Handyman Homicide
Death is on the Menu
The Green Rush
Elvis Finds a Bone
A Neighborly Stabbing
Suspicious Llamas

# DANKSAGUNGEN

Besonderer Dank geht an Lyndsey Lewellen für das Coverdesign und die Typografie - und an Erin Zarro für das Lektorat.

# ÜBER DIE AUTORIN

Libby Howard lebt mit ihren Söhnen und zwei ausgelassenen Bloodhounds in einem kleinen Haus im Wald. Sie strickt ab und zu, backt gerne und kümmert sich um die Wäsche. Die meisten ihrer Texte schreibt sie in einer Bar, wo sie während der Arbeit Leute beobachten, ein anständiges Mikrobrauereibier trinken und sich einen Teller „Old Bay Wings" gönnen kann.

*Weitere Informationen:*
www.libbyhowardbooks.com

www.ingramcontent.com/pod-product-compliance
Lightning Source LLC
Chambersburg PA
CBHW031238210726
48287CB00003B/818